우리 고전 다시 읽기

삼국사기

열전

삼국사기

열 전

김부식 지음

구인환(서울대 명예교수) 엮음

좋은 책 좋은 독자를 만드는 —

㈜신원문화사

일러두기

본 내용은 《삼국사기》 중 〈열전〉 일부를 발췌, 수록한 것임.

머리말

　수천년 동안 한 민족이 국가의 체제를 갖추어 연면한 역사와 전통을 계속해 왔다는 것은 인류 역사를 살펴봐도 그렇게 흔한 일이 아니다. 그리고 그 민족이 고유한 문자를 가지고 후세에 길이 전할 문헌을 남겼다는 것은 더욱 흔한 일이 아닐 것이다.

　이러한 면에서 볼 때 우리 민족은 세계 어느 나라와 비교해도 손색없고, 자랑스러운 역사와 전통을 이어왔다. 우리 민족은 5천 여 년의 기나긴 역사를 통하여 수많은 외세의 침략을 받아 백척간두의 국난을 겪으면서도 우리의 역사, 한민족 고유의 전통을 면면히 이어온 슬기로운 조상이 있었다. 이러한 까닭으로 오늘날 빛나는 민족의 문화 유산을 이어받은 것이다.

　고전 문학(古典文學)이란 실용성을 잃고도 여전히 존재할 만한 값어치가 있고, 시대와 사회는 변해도 항상 시대를 초월하여 혈연의 외침으로 우리의 공감대를 울려 주기에 충분한 문화적 유산이다. 그러므로 오늘을 사는 우리는 조상의 얼이 담긴 옛 문헌을 잘 간직하여 먼 후손들에게까지 길이 이어 주어야 할 사명감을 가져야 할 것이다.

고전 문학, 특히 국문학(國文學)을 규정하는 기준이 국어요, 나라 글자라면 우리 민족의 생활 감정을 표현한 국문 작품이야말로 진정한 국문학이 된다 할 것이다.

그러나 우리 고유 문자의 탄생은 오랜 민족 역사에 비해 훨씬 후대에 이루어졌다. 이 까닭에 우리 민족은 일찍부터 외국의 문자, 즉 한자가 들어와서 사용했다. 이처럼 우리 선조들이 고유 문자가 없음을 한탄할 때에, 세종조에 와서 마침 인재를 얻어 훈민정음이 창제되었다. 하지만 여전히 한자가 독보적인 행세를 하여 이 땅에 화려한 꽃을 피웠다. 따라서 표현한 문자는 다를지언정 한자로 된 작품도 역시 우리 민족의 생활 감정을 나타낸 우리의 문학 작품이다. 이러한 귀결로 국·한문 작품을 '고전 문학'으로 묶어 함께 싣기로 했다.

우리글이 창제된 이후에도 우리 선조들의 손으로 쓰여진 서책이 수만 권에 달한다. 그 가운데에서 국문학상 뛰어난 몇몇 작품을 선정하는 것은 물론 산재해 있는 문헌의 자료를 수집하기 위해 숨어 간직되어 있는 작품을 찾아내는 것도 여간 어려운 일이 아니었다. 그럼에도 이만한 성과를 거두고 이만한 고전 문학 작품을 추리는 것은 현재를 삼는 우리의 당연한 책임이자 의무이다. 다만 한정된 지면과 미처 찾아내지 못한 더 많은 작품이 실리지 못한 것이 아쉬울 따름이다.

엮은이 씀

차
례

삼국사기

열전

김유신

김유신은 신라 왕경[1] 사람이다. 12대조 수로왕은 그 내력이
어떤지를 알 수 없는데, 후한 건무 18년[2]에 구지봉[3]에 올라가
가락 9촌을 바라보고 드디어 그곳에 이르러 나라를 세우고 국
호를 가야라 하였고, 후에 금관국이라 고쳤다. 그 자손이 계승
하여 9대손 구해[4]에 이르러 망하였다. 구해는 유신의 증조가
된다. 신라의 김씨 왕실이 스스로 소호금천씨의 후손이라고 일
렀기 때문에 성을 김(金)이라 하였는데, 유신의 비문에도 또한
헌원[5]의 후예요, 소호의 자손이라 하였으니, 남가야 시조 수로

1) 고려 때 개경, 곧 개성의 별칭.
2) 임인 42년.
3) 경상남도 김해군 김해읍 서상동에 있는 작은 산. 가락국의 시조 김수로왕의 탄강 전설이
   있는 곳.
4) 가락국 마지막 제10대 왕, 신라 진흥왕 131년, 즉 561년 신라군의 공격을 받고 항복했
   음.
5) 전설상의 제왕인 황제의 이름.

왕은 신라와 성이 같다. 유신의 조부 무력은 신주도 행군총관이
되어 일찍이 군사를 거느리고 백제 왕과 그 장수 네 사람을 사
로잡고 머리 1만 여 개를 베었다. 아버지 서현은 벼슬이 소판·
대량주 도독·안무대량주제군사에 이르렀다. 유신의 비문을 살
펴보면 아버지는 소판 김도연이라 하였으니 서현이 혹 이름을
고쳤는지, 혹 도연은 자(字)인지 알 수 없어 의심이 되기 때문
에 둘 다 그대로 둔다.

처음에 서현이 길에서 갈문왕 입종의 아들인 숙흘종의 딸 만
명을 보고는 서로 좋아하여 중매를 거치지 않고 합하였다. 서현
이 만노군 태수가 되어 함께 가려고 하자, 숙흘종이 그제야 딸
이 서현과 정을 통하였음을 알고 딸을 미워하여 별장에 가두어
두고 사람을 시켜 지키게 하였는데, 문득 벼락이 문을 치매 지
키던 자가 놀라 정신을 잃은 새에 만명이 구멍으로 빠져나와 드
디어 서현과 만노군[1]으로 갔다.

서현은 경진일 밤 꿈에 화성과 토성 두 별이 자기에게 내려왔
으며, 만명이 또한 신축일 밤 꿈에 동자가 황금으로 만든 갑옷
을 입고 구름을 타고 방 가운데로 들어오는 꿈을 꾸었다. 얼마
후에 임신하여 20개월 만에 유신을 낳으니, 이때가 진평왕 건복
12(599)년이었다. 이름을 짓고자 서현이 부인에게 말하였다.

"내 경진일 밤에 좋은 조짐이 되는 꿈으로 이 아이를 얻었으
니, 마땅히 경진으로 이름을 지어야겠소. 그러나 예(禮)에 날과
달로써 이름을 짓지 않는다 하였으니, 경(庚)과 유(庾)가 글자
가 서로 닿았고 진(辰)과 신(信)이 음이 서로 같고, 또 옛날의

---

1) 지금의 충청북도 진천군을 일컬음.

현인에 유신이란 이가 있으니 이름을 유신이라고 합시다."
하고 유신으로 이름을 지었다. 15세에 화랑이 되었는데, 사람들
이 기뻐 따라서 그들을 용화향도(龍華香徒)라고 일컬었다.

나이 17세[2]에 고구려·백제·말갈이 신라의 강토를 침략함
을 보고 분개하여 외적을 평정할 뜻을 가져 홀로 중악의 석굴로
들어가서 재계하고 하늘에 고하여 맹세하였다.

"적국이 무도하여 이리와 범이 되어 우리 강토를 침략하니
조금도 평안한 해가 없습니다. 저는 한낱 보잘것없는 신하로서
재주와 힘을 헤아리지 않고 화란(禍亂)을 없애려고 뜻을 두오
니, 오직 하느님은 이를 살피셔서 손을 제게 빌려 주옵소서."

나흘이 지나서 문득 한 노인이 갈옷을 입고 와서 말하였다.

"이곳에는 독한 벌레와 사나운 짐승이 많아 무서운 곳인데,
귀한 소년이 와서 홀로 있음은 무슨 까닭인가?"

유신은 대답하였다.

"장자(長者)께서는 어디로부터 오셨으며 존명(尊名)은 누구
이시온지요?"

노인은 말하였다.

"나는 거주하는 곳도 없으며, 가고 머물음을 인연에 따라 한
다. 이름은 난승이다."

공은 이 말을 듣고 그가 비상한 사람임을 알고 두 번 절하며
말하였다.

"저는 신라 사람입니다. 나라의 원수를 보고 마음이 아파서
이곳에 와서 만나는 분이 있기를 기다렸습니다. 원하옵건대 장

---

2) 이때는 611년임.

자께서는 제 정성을 불쌍히 여겨 방술(方術)을 가르쳐 주소서."

　노인은 말이 없었다. 공이 눈물을 흘리며 간절히 청하기를 그치지 않아 6, 7차에 이르자 노인이 그제야 말하였다.

　"그대가 어찌 어린 나이에 삼국을 통일할 뜻을 가졌으니 어찌 장하지 아니한가."

하고 비법을 가르쳐 주며 말하였다.

　"부디 함부로 남에게 전하지 말라. 만약 불의한 일에 이를 쓴다면 도리어 그 앙화(殃禍)를 받을 것이다."

　말을 마치자 작별하고 2리쯤 가다가 뒤따라 바라본즉 보이지 않고 산 위에 빛만 찬란하여 오색 광채와 같았다. 건복 29(612)년에 이웃 나라의 적이 더욱 핍박해 왔으므로 공은 더욱 웅대한 뜻이 솟구쳐 홀로 보검(寶劍)을 가지고 인박산의 깊은 골짜기 속에 들어가서 향불을 피워 놓고 하늘에 고하여 빌기를 중악에서 한 것과 같이 하였다. 맹세하고 기도하니 하늘에서 빛이 내려와 보검에 신령스런 기운을 내려주었다. 사흘째 밤에는 허성·각성 두 별이 빛을 쏘아 내리매 칼이 움직이는 듯하였다.

　건복 46(629)년 8월에 왕이 이찬 임영리·파진찬 용춘·백룡과 소판 대인·서현 등을 보내 군사를 거느리고 고구려의 낭비성을 치게 하였더니, 고구려에서 군사를 내어 맞아 싸웠다. 우리 측에서 이기지 못하고 전사자가 많이 나자 많은 군사의 사기가 꺾여 다시 싸울 마음이 없어졌다. 유신이 이때 중당(中幢)의 당주(幢主)로 있었는데, 아버지 앞에 나아가 투구를 벗고 말하였다.

　"우리 군사가 패배하였는데, 제가 평생에 충효로써 가슴속 깊이 기약하였사오니 싸움에 임하여 용감하지 않을 수 없습니다. 듣건대 깃을 정돈해야만 갑옷이 바르게 되고, 벼릿줄을 당겨야만 그물이 펼쳐진다고 하였사오니, 제가 깃과 벼릿줄이 되겠습니다."

하고는 말에 올라 칼을 빼어들고 구덩이를 뛰어넘어 적진으로 드나들면서 장군을 목 베어 그 머리를 들고 오니, 우리 군사가 이를 보고 이긴 기세를 타서 기운을 내어 공격하여 5천 여 명을 베어 죽이고 1천 명을 사로잡으니, 성안에서는 크게 두려워하여 감히 대항하지 못하고 모두 나와서 항복하였다.

선덕여왕 11(642)년 백제가 대량주를 함락시키니 춘추공[1]의 딸 고타소랑이 남편 품석[2]을 따라 죽었다. 춘추가 원통히 여겨 고구려에 군사를 청하여 백제에 그 원수를 갚으려 하니 왕이 허락하였다. 춘추가 떠나려 할 때 유신에게 말하였다.

"나는 공과 한몸이 되어 나라의 팔다리가 되었으니 지금 내가 만약 고구려에 들어갔다가 해를 당한다면 공이 무심할 수 있겠소?"

유신은 대답하였다.

"공이 만약 가서 돌아오지 못한다면 내 말발굽이 반드시 고구려와 백제 두 임금의 궁전을 짓밟을 것입니다. 그와 같이 못한다면 장차 무슨 면목으로 나라 사람들을 보겠습니까?"

춘추는 감동하여 기뻐하면서 유신과 서로 손가락을 깨물어 피를 내어 마시며 맹세하였다.

"내가 날짜를 계산해 보니 60일이면 돌아올 수 있겠소. 만약

---

1) 신라 제26대 태종무열왕 김춘추.
2) 김춘추의 사위로, 선덕여왕 때의 무관. 대야성, 곧 합천 도독으로 있을 때 백제의 장군 윤충의 공격을 받아 패해 처자를 먼저 죽이고 자신도 자살했음.

이 기일이 지나도 돌아오지 못한다면 다시 볼 기약이 없을 것이
오."

드디어 서로 작별하였다. 춘추가 떠난 뒤에 유신이 압량주[1]
의 군주가 되었다.

춘추는 사간 훈신과 함께 고구려로 갔는데, 대매현에 이르니,
그 고을 사람인 사간 두사지가 청포(靑布) 300보(步)를 기증하
였다. 고구려 왕이 태대대로[2] 연개소문을 시켜 접대하였다. 어
떤 사람이 고구려 왕에게 아뢰었다.

"신라 사자는 범용한 사람이 아닙니다. 지금 온 것은 아마 우
리나라의 형세를 염탐하려는 것이오니, 왕께서는 알아 처치하
시어 뒷날의 걱정이 없게 하소서."

왕은 춘추에게 무리한 질문으로 그 대답함이 곤란해지게 해
서 그를 욕보이려 하였다. 왕은 이렇게 말하였다.

"마목현과 죽령은 본디 우리나라 땅이니, 만약 우리에게 돌
려주지 않으면 돌아가지 못하리라."

춘추는 대답하였다.

"국가의 땅은 신하가 마음대로 하는 것이 아니니 신은 명령
을 받들 수 없습니다."

왕은 노하여 그를 가두고 죽이려 하다가 죽이지는 아니하였
다. 춘추는 청포 300보를 왕의 총애하는 신하 선도해에게 비밀
히 선사하니, 도해가 술과 안주를 가지고 와서 마시다가 술이
취하자 농담으로 거북과 토끼의 이야기를 해주었다.

"옛날에 동해 용왕의 딸이 속병을 앓았는데, 의원이 말하기

---

1) 지금의 경상북도 경산.
2) 고구려 최고 관직의 하나. 처음에는 대로, 나중에는 대대로 · 태대대로 등으로 바뀌었음.

를 토끼의 간을 구해서 약을 만들면 치료할 수 있다고 하였다. 그러나 바다 가운데는 토끼가 없으므로 어찌할 수 없었다. 한 거북이 용왕에게 아뢰었다. '제가 토끼를 구해 오겠습니다.' 드디어 육지에 올라가서 토끼를 보고 말하였다. '바다 가운데 한 섬이 있는데, 맑은 샘물, 흰 돌, 무성한 숲, 좋은 과실이 있고, 춥지도 덥지도 않고, 매와 새매도 침범하지 않는다. 네가 만약 그곳에 가면 편안히 살고 걱정이 없을 것이다.' 토끼를 업고 바다를 헤쳐, 2, 3리쯤 가다가 거북이가 토끼를 돌아보고 말하였다. '지금 용왕의 딸이 병이 났는데, 꼭 토끼의 간이라야 약이 된다 하므로 내가 수고로움을 꺼리지 않고 너를 업고 온 것이다.' 토끼는 말하였다. '아아, 나는 신명의 후예이므로 능히 오장을 꺼내어 깨끗이 씻어 다시 집어넣을 수 있다. 요전에 속이 조금 답답하기에 간을 꺼내 씻어 잠시 바윗돌 밑에 두었는데, 네 달콤한 말을 듣고 그만 바로 온 것이다. 간은 아직 거기에 있으니 되돌아가서 간을 가지고 오면 너는 구하는 바를 얻고, 나는 비록 간이 없어도 살 수 있으니 어찌 둘이 서로 좋은 일이 아니겠느냐?' 거북은 이 말을 듣고 되돌아갔다. 겨우 언덕에 오르자 토끼는 풀 속으로 깡총 뛰어들어가면서 거북에게 말하였다. '어리석은 녀석아, 어찌 간 없이 사는 자가 있겠느냐?' 거북은 근심이 되어 아무 말도 못 하고 물러갔다는 것이오."

춘추는 그 말을 듣고 그 뜻을 깨달아, 왕에게 글을 올렸다.

"마목현과 죽령은 본디 대국(大國)의 땅이니 신이 본국에 돌아가서 우리 임금에게 청하여 돌려드리도록 하겠습니다. 나를 믿지 못하겠다고 하신다면 밝은 해를 두고 맹세하겠습니다."

왕은 이에 기뻐하였다.

춘추가 고구려에 들어가서 60일이 지나도 돌아오지 않으므로 유신이 국내의 용사 3천 명을 뽑아 그들을 모아 놓고 말하였다.

"내 듣건대, 위태함을 보고는 목숨을 바치고 난에 다다라서는 자기 몸을 잊는 것이 열사(烈士)의 뜻이라고 하였다. 대저 한 사람이 죽음을 각오하면 백 사람을 당하고, 백 사람이 죽음을 각오하면 천 사람을 당하고, 천 사람이 죽음을 각오하면 만 사람을 당하여 천하를 횡행할 수 있는 것이다. 지금 우리나라의 어진 정승이 다른 나라에 잡혀 있으니 어찌 두려워하여 보고만 있겠는가?"

이에 여러 사람이 말하였다.

"비록 살아나기 어려운 일이 있더라도 감히 장군의 명령을 따르지 않으리이까."

드디어 왕에게 청하여 떠날 기일을 정하였다. 이때 고구려의 간첩인 중 덕창이 사람을 시켜 고구려 왕에게 알리니, 왕은 전에 춘추의 맹세한 말을 들었고, 또 간첩의 말을 듣고 감히 춘추를 더 억류하지 못하고 후하게 대접해서 돌려보냈다.

춘추가 국경을 넘자 호송하는 사람에게 말하였다.

"나는 백제에 원한을 풀려고 와서 군사를 청하였더니 대왕은 이를 허락하지는 않고 도리어 땅을 요구하였는데, 그것은 내가 마음대로 할 수 없는 것이요. 지난 번에 대왕에게 글을 올린 것은 죽음을 면하기 위한 것뿐이오."

유신은 압량주의 군주가 되고, 13(644)년에는 소판이 되었다. 9월에 왕아 상장군으로 삼아 군사를 거느리고 백제의 가혜성 · 성열성 · 동화성 등 7성을 쳐서 크게 이겨, 가혜의 나룻길을 개통시켰다. 이듬해 정월에 돌아와 미처 왕을 뵙기 전에, 국경을 지키는 관원이 백제의 대군이 와서 우리 매리포성을 침략한다고 급히 보고하므로, 왕이 또 유신을 상주장군에 임명하여 백제군을 막게 하니, 유신이 명령을 듣고 처자도 만나 보지 못한 채 바로 출정하여 백제 군사를 맞아 쳐서 패주시키고 머리 2천을 베었다.

3월에 유신이 왕궁에 복명(復命)하고 아직 집에 돌아가기 전에 또 백제 군사가 그 국경에 와서 둔치고 장차 대거(大擧)하여 우리나라로 쳐들어오려 한다고 급히 알리니 왕이 유신에게 다시 말하였다.

"공은 수고로움을 꺼리지 말고 빨리 가서 적이 이르기 전에 방비하기 바라오."

유신이 또 집에 돌아가지 못하고 군사를 훈련시키고 병기를 갖추어 서쪽을 향하여 떠났다. 이때 집사람들은 모두 문 밖으로 나와서 유신이 오기를 기다렸으나, 유신은 문 앞을 지나면서도 돌아보지 않고 갔다. 한 50보쯤 가다가 발을 멈추고 시중하는 사람을 시켜 집에 가서 장수(漿水)[1]를 가지고 오게 하여 마시며 말하였다.

"우리 집 이 장수는 아직 옛 맛이 있구나."

여러 군사가 모두 말하였다.

"대장군도 오히려 이와 같이 하는데 우리가 어찌 가족을 이별한 것을 한탄하겠느냐?"

국경에 이르니 백제 군사가 우리 군사의 위엄을 바라보고 감히 가까이 오지 못하고 물러갔다. 왕이 이를 듣고 매우 기뻐하

---

1) 오래도록 끓인 좁쌀 미음.

여 그 작위를 더하고 상을 내렸다.

16(647)년은 선덕왕 말년이요, 진덕왕 원년이다. 대신 비담[1] 과 염종은 여자 임금이 나라를 잘 다스리지 못한다고 하여 군사를 일으켜 왕을 폐하려 하니, 왕이 안에서 방어하였다. 비담 등은 명활성[2]에 군사를 둔쳤고 왕의 군사는 월성에 진을 쳐서 서로 치고 막기를 10일 동안 승부가 결정나지 않았다. 밤 삼경에 큰 별이 월성에 떨어지매 비담 등이 군사들에게 말하였다.

"내 듣건대 별이 떨어지는 곳에 반드시 피를 흘리는 일이 있다고 하였으니, 이는 아마 여자 임금이 패할 징조이다."

군사들이 함성을 지르자 소리가 땅을 진동시켰다. 왕은 이 소리를 듣고 몹시 두려워하여 어찌할 바를 몰랐다. 유신이 왕을 보고 말하였다.

"길하고 흉함은 일정하지 않은 것이요, 다만 사람이 초래하는 것입니다. 그러므로 주(紂)는 적작(赤雀)이 나타났는데도 망하였고, 노나라는 기린을 얻었는데도 쇠약하였고, 고종은 꿩이 솥 위에 와 울었는데도 흥하였고, 정공은 용이 싸웠는데도 창성해졌습니다. 그러므로 덕이 요망함을 이김을 알 수 있으니 별의 이상한 변은 족히 두려울 것이 아닙니다. 청컨대 왕께서는 근심하지 마소서."

그리고 허수아비를 만들어 불을 안겨 연에 달아 날려 하늘을 올라가는 것처럼 하고, 그 이튿날 사람을 시켜 길 가는 사람들에게 말을 퍼뜨리게 하였다.

---

1) 신라 선덕여왕 14년, 즉 645년에 상대등이 되어, 647년 선덕여왕이 정사를 다스릴 능력이 없다고 군사를 일으켰으나 명활성에서 김유신에게 패해 사형되었음.
2) 경상북도 경주시 명활산에 있는 산성.

"어젯밤에 떨어진 별이 도로 하늘로 올라갔다."

이렇게 하여 적군으로 하여금 의심하게 하고, 또 흰말을 잡아서 별이 떨어진 곳에 제사를 지내며 빌었다.

"천도(天道)는 양은 강건하고 음은 유순하며, 인도(人道)는 임금은 높고 신하는 낮은 것인데, 만일 이 도리를 바꾸면 곧 큰 혼란이 생기게 되는 것입니다. 지금 비담 등은 신하로서 임금을 도모하고 아랫사람으로서 위를 범하니, 이는 이른바 난신적자(亂臣賊子)이므로 사람과 신이 모두 미워하는 바이며 하늘과 땅이 용납하지 않는 바입니다. 이제 하늘은 난신적자를 멸할 뜻이 없는 듯 도리어 별의 괴변을 서울에 나타내니, 이는 신이 의혹하며 이해할 수 없는 일입니다. 다만 하늘의 위엄이 사람의 마음에 따라 주시어 선을 옳게 여기시어 악을 미워하셔서 신의 수치를 만들지 마소서."

하였다. 이에 여러 장수와 군사를 독려하여 기운을 내어 공격하니 비담 등이 패하여 달아났다. 추격하여 목 베고 그 9족(族)을 죽였다.

10월에 백제 군사가 무산·감물·동잠 등 3성을 포위하였으므로, 왕은 유신을 보내어 보병과 기병 1만 명을 거느리고 가서 막게 하였다. 고전(苦戰)하여 기운이 다하자 유신이 비녕자에게 말하였다.

"오늘의 사태는 매우 위급하다. 그대가 아니면 누가 능히 군사들의 마음을 격동시킬 수 있겠는가?"

비녕자는 절하며 말하였다.

"명령대로 하겠습니다."

드디어 적진으로 들어가니, 그 아들 거진과 종 합절이 뒤따라

칼과 창으로 돌격하여 힘껏 싸우다 죽었다. 군사들이 이를 보고 감동 격려되어 다투어 진격하여 적병을 크게 패배시켜 머리 3천 여 개를 베었다.

진덕왕 태화[1] 2(647)년 춘추는 고구려에 원병을 청하였으나 되지 않으므로 드디어 당나라에 들어가서 군사를 청하였다.

당 태종은 말하였다.

"그대 나라 유신의 명성을 들었는데 그 사람이 어떠한고?"

춘추는 대답하였다.

"유신이 비록 재주와 지혜가 조금 있습니다만 황제의 위력을 빙자하지 않고서야 어찌 이웃 나라의 침략을 쉽사리 제거할 수 있겠습니까?"

황제는 말하였다.

"진실로 군자의 나라이다."

이에 허락하고 장군 소정방[2]에게 명하여 군사 20만을 거느리고 가서 백제를 정벌하게 하였다.

이때 유신은 압량주의 군주로 있었는데, 군사(軍事)에는 뜻이 없는 것같이 술을 마시고 풍악을 베풀어 여러 달을 넘기니, 고을 사람들이 유신을 용렬한 장수로 여겨 비방하였다.

"군사들이 편안히 쉰 지 오래되었으므로 기력이 넘쳐서 한번 싸울 만한데도 장군이 게으른 것은 웬일인고?"

유신이 듣고 백성들을 쓸 수 있음을 알고 왕에게 고하였다.

---

1) 신라 진덕왕 즉위와 함께 사용한 연호로, 당태종의 압력으로 폐지하고 대신 당나라 연호를 사용했음.
2) 당나라 고종 때의 무장으로, 백제 의자왕 20년, 즉 660년 나당 연합군의 대총관으로 사비성을 함락했음.

"지금 민심을 보니 일을 시작할 만합니다. 백제를 쳐서 대량주의 싸움을 보복하오리다."

왕은 말하였다.

"작은 군사로써 많은 군사를 대적하다가 위태하게 되면 장차 어찌할꼬?"

유신은 대답하였다.

"싸움에 이기고 지는 것은 군사가 많고 적은 데 있는 것이 아니고 인심이 어떠한가에 달려 있을 뿐입니다. 그러므로 주(紂)는 억조(億兆)의 사람을 가졌지만 마음이 이반(離反)되고 덕이 뭉치지 않았으므로 주나라에서 열 사람의 어진 신하가 마음을 같이하고 덕을 같이한 것만 못하였습니다. 지금 우리 사람들은 한 뜻이 되어 생사를 같이할 수가 있사오니 저 백제란 두려울 것이 없습니다."

왕은 이에 허락하였다. 유신은 드디어 압량주의 군사를 뽑아 훈련하여 달려가서 대량주 성 밖에 이르러 날랜 군사를 매복시켰다가 백제가 맞아 싸울 적에 이쪽에서 거짓으로 달아나 패한 체하여 옥문곡에 이르니, 백제에서 이를 깔보고 많은 군사를 거느리고 오자 복병이 일어나 그 앞뒤를 쳐서 크게 패배시켜 백제의 장군 8명을 사로잡고 1천 명을 죽이고는 사자를 보내 백제 장군에게 말하였다.

"우리 군주 품석과 그 아내 김씨의 뼈가 너희 나라 옥 안에 묻혀 있고, 지금 너희 비장(裨將) 여덟 사람이 내게 잡혀 목숨을 살려 달라고 애걸하고 있다. 나는 여우와 표범도 죽을 때는 제 옛 굴로 머리를 둔다는 것을 생각하여 차마 죽이지 못하고 있다. 이제 너희는 품석과 그 아내, 두 사람의 뼈를 보내 산 여덟 사람과 바꾸는 것이 좋지 않겠는가?"

백제의 좌평 중상이 왕에게 아뢰었다.

"신라 사람의 해골을 이곳에 두어야 소용이 없으니 보내는 것이 좋겠습니다. 만약 신라 사람이 약속을 어기고 우리나라의 여덟 사람을 돌려보내지 않는다면 그른 것은 저쪽에 있고 옳은 것은 우리에게 있으니 무엇이 걱정되겠습니까?"

이에 품석 부부의 유골을 파내어 관에 넣어 보냈다. 유신은,

"나뭇잎 하나가 떨어진다 해도 무성한 숲에는 손실이 없고, 먼지 하나가 모인다 해도 큰 산에는 아무런 보탬이 없다."

고 말하고 백제의 여덟 사람을 살려 돌려보냈다.

드디어 이긴 기세를 타서 백제 국경에 들어가서 악성 등 12성을 쳐서 빼앗고 머리 2만 여 개를 베고 9천 명을 사로잡았다. 공(功)을 논하여 유신을 이찬으로 승진시키고 상주행군대총관으로 삼았다.

또 적의 국경에 들어가서 진례 등 9성을 무찌르고 머리 9천여 개를 베고 600명을 사로잡았다. 춘추가 당나라에서 돌아와 유신을 보고 말하였다.

"죽고 사는 것이 명에 달려 있으므로 내가 살아 돌아와서 다시 공과 서로 만나게 되었으니 얼마나 다행이오."

유신은 대답하였다.

"하신(下臣)이 나라의 위엄에 의탁하여 다시 백제와 크게 싸워서 성 20개를 빼앗고 군사 3만 여 명을 목 베고 사로잡았으며, 품석공과 그 부인의 유골을 찾아 고향에 돌아오게 되었으니, 이것이 모두 천행(天幸)으로 된 것이지 내가 무슨 공이 있겠습니까?"

진덕왕 2(648)년 8월에 백제의 장군 은상이 와서 석토성 등 7성을 공격하므로 왕이 유신과 죽지·진춘·천존 등 장군에게 명하여 나아가서 방어하게 하였다. 3군으로 나누어 다섯 길로 나가 이를 쳤는데, 서로 이겼다 패하였다 하면서 10일이 지나도 풀리지 않으매 넘어진 시체는 들판에 가득 찼다. 이에 도살성 아래에 둔치고 말을 쉬게 하고는 군사를 잘 먹여 다시 싸울 것을 꾀하고 있었는데, 이때 물새가 동쪽에서 날아와 유신의 군막을 지나가니 장수와 군사들이 보고 좋지 못한 조짐으로 여겼다. 유신은 말하였다.

"이 일은 괴이히 여길 일이 아니다."

또 여러 사람에게 말하였다.

"오늘 반드시 백제의 첩자가 올 것이니 너희들은 거짓으로 모른 체하라."

또 군사들에게 말을 돌리기를,

"성벽을 굳게 지키고 움직이지 말라. 내일 원군이 도착한 뒤에 기다려 결전하리라."

하였다.

첩자가 이 말을 듣고 돌아가 은상에게 보고하니, 은상 등은 신라의 군사가 증가되었다고 하여 의심하고 두려워하지 않을 수 없었다. 이에 유신 등이 한꺼번에 기운을 내어 적을 쳐서 크게 이겨 장군인 달솔 정중과 군사 100명을 사로잡고, 좌평 은상·달솔 자견 등 10명과 군사 8천 980명을 목 베고, 말 1만 필과 투구 1천 800벌을 노획하고, 그 밖에 기계(器械)를 얻은 것도 이에 비등하였다. 돌아오다가 길에서 백제의 좌평 정복이 군사 1천 명과 함께 와서 항복하였는데, 모두 놓아주어 제 마음대로 가게 하였다. 서울에 돌아오니 왕이 성문에서 맞아 위로하고 후하게 대접하였다.

영휘 5(654)년에 진덕왕이 돌아가니 뒤를 이을 아들이 없었다. 유신은 재상인 이찬 알천과 서로 의논하여 이찬 춘추를 맞아 왕위에 나아가니 이가 태종 대왕이다.

영휘 6(655)년 9월에 유신이 백제에 쳐들어가 도비천성을 공격하여 이겼다. 이때 백제의 임금과 신하가 사치하고 음탕하여 나라일을 돌보지 않으므로 백성들이 원망하고 신이 노해서 재변(災變)이 자주 나타났다.

유신이 왕에게 고하였다.

"백제가 무도하여 그 죄가 걸(桀)·주(紂)보다도 더 하오니 이때는 진실로 하늘의 뜻에 순종하여 백성을 불쌍히 여겨 죄인을 토벌해야 될 시기입니다."

이보다 먼저 급찬 조미곤이 천산 현령으로 있다가 백제에 잡혀가서 좌평 임자의 집에 종이 되어 있었는데, 부지런하고 조심하여 게으르지 않으므로 임자는 그를 사랑하여 의심하지 않고 마음대로 드나들게 하였더니, 이에 도망해 돌아와서 백제의 실정을 유신에게 고하였다. 유신은 조미곤이 충성스럽고 정직하여 쓸 만한 사람임을 알고 그에게 말하였다.

"내가 들으니 임자가 백제의 일을 마음대로 한다고 하는데, 그와 더불어 모의하고 싶은 것이 있으나 기회가 없다. 그대는 나를 위하여 다시 돌아가서 말을 하라."

조미곤이 말하였다.

"공이 저를 불초하다고 여기지 않으시고 일을 시키시니 비록 죽더라도 후회하지 않겠습니다."

드디어 다시 백제에 들어가서 임자에게 고하였다.

"저는 생각하기를 이미 백제 국민이 되었으므로 마땅히 나라 풍속을 알아야겠기에 나가서 구경하느라고 40일 동안 돌아오지 못하였습니다만, 개와 말이 주인을 그리워하는 정성으로 이렇게 돌아왔습니다."

임자는 그 말을 듣고 힐책하지 않았다. 조미곤은 기회를 엿보아 임자에게 고하였다.

"지난번에는 제가 죄를 받을까 두려워하여 감히 바른대로 말하지 못하였습니다만 사실은 신라에 갔다가 돌아왔습니다. 유신이 저를 시켜 주인에게 말을 전하기를, '나라가 흥하고 망하는 것은 미리 알 수 없으니 만약 그대 나라가 망한다면 그대가 우리나라에 와서 의탁하고, 우리나라가 망한다면 내가 그대 나라에 가서 의탁할 것이다'라고 합니다."

임자는 듣고 잠자코 말이 없었다. 조미곤은 황송하여 물러가서 죄 주기를 기다리고 있었더니 몇 개월 만에 임자가 조미곤을 불러 물었다.

"네가 전에 말한 유신의 말은 어떠한 것인가?"

조미곤은 놀라고 두려워하여 먼저 말한 대로 대답하니 임자는 말하였다.

"네가 전하는 말은 이미 다 알고 있으니 돌아가서 고하라."

조미곤은 유신에게 와서 그대로 고하고, 백제의 사정도 상세히 알리었다. 이에 유신은 백제를 병합(倂合)할 계획을 더욱 급히 추진하였다.

태종왕 7(660)년 6월에 왕이 태자인 법민과 함께 백제를 치려고 하여 크게 군사를 일으켜 남천에 이르러 둔쳤다. 이때 당나

라에 들어가서 군사를 청한 파진찬 김인문이 당나라 대장군 소
정방·유백영과 더불어 군사 12만을 거느리고 바다를 건너 덕
물도에 이르러 수원 문천을 보내어 고하니, 왕은 태자와 장군
유신·진주·천존 등에게 명하여 큰 배 100척에 군사를 싣고 가
서 모이도록 하였다. 태자가 소정방을 만나니 정방이 태자에게
말하였다.

"나는 바닷길로, 태자는 육지로 가서 7월 10일에 백제 서울
사비성에서 서로 만납시다."

태자가 와서 고하니, 왕은 장수와 군사를 거느리고 사라정에
이르렀다. 소정방·김인문 등은 바닷길을 따라 기벌포로 들어
갔는데, 바닷가가 진흙으로 빠지기 때문에 갈 수 없었으므로 이
에 버들자리를 펴서 군사를 나오게 하였다. 당나라와 신라의 군
사가 어울려서 백제를 쳐서 멸망시켰다. 이 싸움에 유신의 공이
많았으므로 당나라 황제가 듣고 사신을 보내 칭찬하였다. 정방
이 유신·인문·양도 세 사람에게 말하였다.

"나는 황제의 명령을 받아 형편에 따라 임의로 일을 처리하
게 되었으니, 지금 얻은 백제의 땅은 공들에게 나누어 주어 식
읍(食邑)[1]으로 하게 하여 그 공의 보수로 하면 어떠한가?"

유신이 대답하였다.

"대장군이 천자를 거느리고 와서 우리 임금의 소망에 맞추어
우리나라의 원수를 갚아 주니, 우리 임금과 온 나라의 신하와
백성이 기뻐합니다. 그런데 우리만 은혜를 받아 홀로 자기의 이
익을 취한다면 의리에 어긋나지 않겠습니까?"

---

1) 옛날 공신의 봉지.

그리고서 받지 않았다. 당나라 사람은 이미 백제를 멸망시키고는 사비성의 언덕에 둔치고 신라를 침략하려고 몰래 계획하고 있었다. 우리 임금이 알고 여러 신하를 불러 계책을 물으니 다미공이 아뢰었다.

"우리나라 백성을 백제 사람으로 가장, 그 복장을 입혀 범하는 것처럼 하면 당나라 사람이 반드시 칠 것이니 그로 말미암아 그들과 싸우면 이길 것입니다."

유신은 아뢰었다.

"이 말이 취할 만하오니 따르기를 바랍니다."

왕은 말하였다.

"당나라 군사가 우리를 위해서 적국을 멸망시켰는데, 도리어 그들과 싸운다면 하늘이 우리를 돕겠는가?"

유신은 아뢰었다.

"개는 그 주인을 두려워하지마는 주인이 그 다리를 밟으면 무는 것이니 어찌 난을 당하고서도 스스로 구하지 않을 수 있습니까? 대왕은 허락하소서."

당나라 사람들은 우리나라에 방비가 있음을 정탐해 알고 백제왕과 신하 93명, 군사 2만 명을 볼모로 하여 9월 3일에 사비에서 배를 타고 돌아가고, 낭장 유인원 등을 남겨 지키게 하였다. 정방이 돌아가서 백제의 포로를 바치니, 천자는 위로해서 말하였다.

"어찌 신라를 치지 아니하였는가?"

정방은 아뢰었다.

"신라는, 그 임금은 어질어 백성을 사랑하고 그 신하들은 충성으로써 나라를 받들며 아랫사람은 그 윗사람을 친부형처럼 섬기니, 비록 나라는 작지만 도모할 수가 없었습니다."

태종왕 8(661)년 봄 왕은,

"백제의 남은 세력이 아직까지 있으므로 멸하지 않으면 안된다."

하여, 이찬 품일·소판 문왕·대아찬 양도 등을 장군으로 삼아 가서 치게 하였으나 이기지 못하였다. 또 이찬 흠순·진흠·천존과 소판 죽지 등을 보내어 군사를 증가시켰다. 고구려와 말갈은, 신라의 정예한 군사는 모두 백제에 가 있어 나라 안이 텅비었으니 습격할 수 있다고 하여, 군사를 일으켜 수로와 육로로 아울러 쳐들어와서 북한산성을 포위하였다.

고구려는 서쪽에 둔치고 말갈은 동쪽에 둔쳐서 10일 동안 공격하니 성안의 사람이 두려워하였다. 갑자기 큰 별이 적의 진영에 떨어지고 또 비가 오고 우뢰와 벼락이 치니 적들은 놀라서 포위를 풀고 도망하였다. 처음에 유신은 적이 성을 포위하였다는 소식을 듣고 말하였다.

"사람의 힘은 이미 다 쇠하였으니 부처의 도움을 얻어야겠다."

절에 나아가서 단을 만들어 기도하였더니 마침 천변(天變)이 있었으므로 모든 사람은,

"지성이 하늘을 감동시킨 바이라."

하였다. 유신이 일찍이 한가위 밤에 자제들을 데리고 대문 밖에 서 있는데 갑자기 서쪽으로부터 오는 자가 있었다. 유신은 고구려의 첩자임을 알고 불러 앞에 오게 하여,

"너희 나라에 무슨 일이 있었느냐?"

그 사람이 엎드려 감히 대답하지 못하였다. 유신은 말하였다.

"두려워하지 말고 다만 사실대로 고하라."

그 사람이 말하지 않으매 유신이 일렀다.

"우리나라 임금은 위로 하늘의 뜻을 어기지 않고, 아래로 백성의 마음을 잃지 않으므로 백성들이 기뻐하여 모두 그 생업을 즐기고 있다. 지금 네가 보았으니 가서 너희 나라 사람에게 고하라."

하며 위로하여 보냈다. 고구려 사람들이 이 말을 전해 듣고 말하였다.

"신라는 비록 작은 나라이지만 유신이 재상이 되었으니 가벼이 볼 수 없다."

6월에 당나라 고종이 장군 소정방 등을 보내 고구려를 치게 하니, 당나라에 들어가서 숙위(宿衛)[1]하던 김인문이 명령을 받고 나와서 군사가 나올 기일을 고하고 아울러 우리가 군사를 내어 합세하여 칠 것을 말하였다.

이에 문무왕이 유신·인문·문훈 등을 거느리고 대병을 일으켜 고구려로 향하여 남천주에 이르자, 사비에서 진수(鎭守)하던 유인원도 그가 거느린 군사를 이끌고 사비로부터 배를 타고 혜포에 이르러 육지에 내려 또한 남천주에 진영을 설치하였다. 이때 관원이 보고하였다.

"앞길에는 백제의 남은 도당이 옹산성에 둔쳐 모여 있으니, 길이 막혀 바로 전진할 수가 없습니다."

이에 유신은 군사를 거느리고 전진하여 성을 포위하고 사람을 시켜 성 아래 가까이 가서 적의 장수에게 말하였다.

---

1) 궁중의 숙직을 맡은 관직명.

"너희 나라가 공손하지 못하여 대국에게 토벌을 당하였다. 명령에 순종하는 이에게는 상을 줄 것이고 명령에 순종하지 않는 자는 죽일 것이다. 지금 너희는 홀로 외로운 성을 지키니 어찌하려고 하는가? 마침내 반드시 죽을 것이다. 나와서 항복하는 것만 같지 못하다. 목숨만 보존할 뿐 아니라 부귀도 누릴 수 있다."

적은 큰 소리로 외쳤다.

"비록 작은 성이나 군사와 군량이 모두 넉넉하고 사졸이 용감하니 차라리 죽기를 결심하고 싸울지언정 맹세코 살아서 항복하지는 않겠다."

유신은 웃으며 말하였다.

"궁한 처지에 있는 새와 곤한 짐승도 제 살 길을 안다는 것을 이를 따름이다."

이에 깃발을 휘두르고 북을 울리며 공격하였다. 왕은 높은 곳에 올라 싸우는 군사를 보고 눈물 섞인 말로 격려하니 군사들은 모두 분발하여 칼날 속으로 돌진하였다.

9월 27일에 성이 함락되었다. 적의 장수는 잡아 죽이고 그 백성들은 놓아 주었다. 공을 논하여 장수와 군사에게 상을 주었고, 유인원 또한 비단을 차등 있게 나누어 주었다.

이에 군사들을 대접하고 말을 꼴먹여 가서 당나라 군사와 합세하려 하였다. 왕이 먼저 태감 문천을 보내어 소장군(蘇將軍)[1]에게 글을 보냈더니 이때에 와서 복명하고 소정방의 말을 전하였다.

"나는 명령을 받아 만리 길의 바다를 건너와서 적을 토벌하

---

1) 소정방.

려는데, 배를 바닷가에 댄 지도 이미 한 달이 넘었는데 왕의 군사는 이르지 않고 군량도 공급되지 않으니 위태함이 심합니다. 왕께서는 알아서 하십시오."

왕은 여러 신하에게 물었다.

"어찌하면 좋겠느냐?"

모두 이렇게 말하였다.

"적의 국경에 깊이 들어왔으니 군량을 수송해도 도달될 수 없을 것입니다."

왕이 근심하여 탄식하니 유신이 앞으로 나와 대답하였다.

"신은 지나치게 은혜를 입어 외람히 중한 책임을 맡았사오니 국가의 일에 비록 죽더라도 피하지 않겠습니다. 지금은 노신(老臣)[2]이 충성을 다할 날이오니 마땅히 적국으로 향하여 가서 장군의 뜻을 맞추어 주어야 하겠습니다."

왕은 다가앉으며 그의 손을 잡고 눈물을 흘리며 말하였다.

"공과 같은 어진 보필을 얻었으니 근심이 없소. 만약 이번의 싸움에 평소의 기대에 어긋남이 없다면 공의 공덕을 어찌 잊을 수 있겠는가?"

유신이 출발하려고 하니 왕이 손수 쓴 글을 유신에게 주었다. '국경을 넘은 후에는 상벌을 마음대로 하라' 는 것이다.

12월 10일에 부장군 인문·진복·양도 등 9명의 장군과 함께 군사를 거느리고 군량을 싣고 고구려의 경계로 들어갔다. 임술(623)년 정월 23일에 칠중하[3]에 이르니 사람들이 모두 두려워

---

2) 늙은 신하.

3) 지금의 임진강. 이곳에 칠중성이 있고, 신라·고구려의 교통의 요충지로 선덕여왕 7년, 즉 638년에는 고구려의 침입이 있었음.

하여 감히 먼저 배에 오르지 못하였다. 유신은 말하였다.

"제군들이 만약 죽음을 두려워한다면 어찌 이곳까지 왔는 가?"

마침내 자기가 먼저 배에 올라 강을 건너니 여러 장수와 군사들이 서로 따라 강을 건넜다. 고구려의 국경에 들어가자 고구려 사람이 큰길에 기다리고 있을 것을 염려하여 마침내 험하고 좁은 길로 해서 갔다. 산양에 이르러 유신이 여러 장수와 군사들에게 말하였다.

"고구려와 백제 두 나라가 우리 국경을 침공하고 우리 인민을 살해하였으며, 혹은 장정을 사로잡아 가서 죽이기도 하고 혹은 어린 소년을 포로로 하여 종으로 부린 지가 오래 되었으니 통분하지 않은가? 내가 지금 죽음을 두려워하지 않고 달려온 것은 대국의 힘을 빌어 두 나라를 멸망시켜 나라의 원수를 갚으려고 마음에 맹세하고 하늘에 고하여 신명(神明)의 도움이 있을 것을 틀림없이 기약하고 있으나 사람들의 마음이 어떠한지를 모르므로 말한다. 만약 적을 가벼이 본다면 반드시 성공해서 돌아갈 것이요, 적을 두려워한다면 어찌 사로잡힘을 면하랴. 마땅히 동심(同心)하고 협력해서 한 사람이 백 사람을 당할 수 있을 것을 여러분에게 바라는 바이다."

여러 장수와 군사들은 모두 말하였다.

"장군의 명령을 받들어 감히 살기를 탐내는 마음을 가지지 않겠습니다."

이에 북을 치며 행진하여 평양으로 향하였다. 길에서 적의 군사를 만나 이를 맞아 쳐서 이겨 얻은 갑옷과 무기가 매우 많았다. 장새(障塞)의 험한 곳에 이르러서는 마침 추위가 매우 심해 사람과 말이 피곤해져 이따금 넘어졌다. 유신이 소매를 걷어 어깨를 드러내어 놓고 채찍을 잡아 말을 채찍질하여 앞에서 달려가니 여러 사람들이 보고는 힘을 다하여 달려가 땀을 흘리며 감히 춥다는 말을 하지 못하였다.

드디어 험한 곳을 지나니, 평양까지 멀지는 않았다. 유신은 말하였다.

"당나라 군사가 군량이 모자라 몹시 군색한 처지에 있으니 마땅히 먼저 그들에게 알려야 하겠다."

이에 보기감 열기를 불러 말하였다.

"내가 어릴 때 너와 놀았으므로 너의 지조와 절개를 알고 있다. 지금 소장군에게 내 뜻을 전하고자 하는데 마땅한 사람을 얻기가 어렵다. 네가 갈 수 있겠느냐?"

열기는 말하였다.

"제가 비록 볼초하오나 외람히 군사의 관직을 맡았거늘, 하물며 장군의 심부름시키는 명령을 맡았으니 비록 죽더라도 사는 것과 같겠습니다."

드디어 장사 구근 등 15명과 함께 평양으로 나아가서 소장군을 만나 보고 말하였다.

"유신 등이 군사를 거느리고 군량을 운반하여 벌써 가까운 지경에 도달하였습니다."

정방이 기뻐하여 글을 보내어 사례하였다. 유신 등이 양오에 이르러 한 노인을 보고 물어서 적국의 소식을 상세히 알고 그에게 포백(布帛)을 주니 사양하여 받지 않고 가 버렸다. 유신이 양오에 병영을 설치하고 중국말을 잘 아는 인문·양도와 그 아들 군승 등을 보내 당나라 진영에 도착하여 왕의 명령으로써 군량을 공급하였다. 정방은 군량은 떨어지고 군사는 피로하여 힘써 싸울 수 없다가 군량을 얻자 문득 돌아갔으므로, 양도도 군사 800명을 거느리고 바다를 건너 당나라로 갔다.

이때 고구려 사람들이 군사를 매복시켜 우리 군사를 돌아가는 길에서 기다리고 있다가 치려고 하므로, 유신은 북과 북채를 여러 소들의 허리와 꼬리에 매달아 휘둘러 두드려 소리가 나게 하고, 아울러 마른 풀을 쌓아 놓고 불을 피워 연기가 계속 나게 하였다.

밤중에 몰래 행진하여 표하에 이르러 급히 강을 건너 언덕에서 군사를 쉬게 하는데, 고구려 사람들이 이를 알고 추격해 왔다. 이에 유신은 많은 군사들에게 한꺼번에 많은 화살을 쏘게 하니 고구려 군사가 물러가려 하였다. 여러 부대의 장수와 군사를 독려하여 길을 나누어 나가서 맞아 쳐서 패배시켜 장군 1명을 사로잡고 머리 1만 여 개를 베었다. 왕은 이 소식을 듣고 사자를 보내 그들을 위로하였으며 이에 봉읍(封邑)[1]과 작위를 차등이 있게 주었다.

문무왕 3(663)년에 백제의 여러 성이 몰래 나라의 부흥을 꾀하여 그 우두머리가 두솔성에 웅거하여 왜국에 원병을 청하여 원조를 삼았다. 왕은 친히 유신·인문·천존·죽지 등 장군을 거느리고 7월 17일에 토벌에 나섰다.

웅진주에 이르러 진수 유인원과 군사를 합하고, 8월 13일에는 두솔성에 이르니 백제 군사가 왜인과 함께 나와서 진을 쳤다. 우리 군사가 힘을 다하여 싸워 크게 패배시키니 백제 군사

---

1) 봉토. 제후를 봉해 준 땅.

와 왜인이 모두 항복하였다. 왕이 왜인들에게 말하였다.

"우리나라는 너희 나라와 바다를 사이에 두고 있으면서 일찍이 서로 다투지 않고 다만 우호를 맺고 강화(講和)하여 서로 사신이 왕래하였는데, 무슨 까닭으로 오늘날 백제와 나쁜 짓을 같이하여 우리나라를 침공하는가? 지금 너희 군졸들은 나의 손아귀에 있지만 차마 죽이지 않으니, 너희는 돌아가서 너희 국왕에게 고하라."

하고 군사를 나누어 여러 성을 쳐서 항복받았으나 임존성[2]만은 지세가 험하고 성이 견고하며 양식이 많아서 30일 동안 공격하였으나 함락시키지 못하니, 사졸들은 피곤해서 싸우기를 싫어하였다. 왕이 말하였다.

"지금 비록 한 성이 함락되지 않았으나 그 밖의 여러 성들은 모두 항복하였으니 공이 없다고 할 수 없다."

이에 군사를 돌려 그해 겨울 11월 20일에 서울에 이르렀다. 유신에게는 토지 500결을 내려 주었고, 그 밖의 장수와 군사들에게는 상을 차등 있게 주었다.

문무왕 4(664)년 3월에 백제의 남은 무리들이 또 사비성에 모여서 반란을 일으켰다. 웅주 도독[3]은 거느리고 있는 군사를 내어 이를 공격한 지가 여러 날이 되었으나, 안개가 끼어 사람과 물건을 분별할 수 없었다. 이런 까닭으로 싸우지 못하고 백산을 시켜 신라에 와서 고하니 유신이 비밀 계책을 가르쳐 주어 이겼

---

2) 충청남도 예산군 봉수산에 있던 백제의 성곽. 주위 약 2.5킬로미터로 한산의 주류성과 더불어 백제 부흥 운동의 중심지였음.

3) 유인원을 말함. 웅주는 신라 9주의 하나인 백제의 옛 도읍으로 지금의 공주임. 소정방이 백제를 멸하고 이곳에 웅진도독부를 설치했음.

다.

문무왕 5(665)년에 당나라 고종이 사신 양동벽·임지고 등을 보내 오고 아울러 유신을 봉상정경 평양군 개국공으로 책봉하고 식읍으로 2천 호를 주었다.

문무왕 6(666)년에 황제는 유신의 맏아들 대아찬 삼광을 칙명으로 불러들여 좌무위익부중랑장을 삼아 숙위하게 하였다.

문무왕 7년에 당나라 황제가 이적을 보내 군사를 일으켜 고구려를 치면서 드디어 우리나라에서 군사를 징발하였다. 문무왕이 군사를 내어 이에 응하려고 드디어 흠순·인문을 장군으로 삼으니, 흠순이 왕에게 아뢰었다.

"만약 유신과 함께 가지 않으면 후회가 있을까 염려됩니다."

왕이 말하였다.

"공 등 세 사람은 우리나라의 보배인데 만약 모두 적국으로 가서 혹시 뜻밖의 일이 생겨 돌아오지 못한다면 나라를 어찌 하겠는가? 그러므로 유신을 남겨 나라를 지키게 하려는 것이니 은연히 장성(長城)과 같아서 근심이 없을 것이다."

흠순은 유신의 아우요, 인문은 유신의 생질(甥姪)이므로 유신을 존경하여 섬겼더니 감히 두말하지 못하였다. 이에 이르러 유신에게 고하였다.

"우리들 재간 없는 것이 지금 왕을 따라 위험한 곳으로 나아가니 어떻게 하면 되겠습니까? 가르쳐 주십시오."

"대저 장수가 된 사람은 나라의 간성(干城)이 되고 임금의 조아(爪牙)[1]가 되어 승부를 활과 칼 사이에서 결단하게 되는 것이

---

1) 발톱과 어금니란 뜻으로, 자기에게 필요한 물건이나 사람, 즉 국가 보필의 신하를 일컫는 말임.

니, 반드시 위로는 천도(天道)를 얻고 아래로는 지리(地理)를 얻고 중간으로는 인심을 얻어야 성공할 수 있다. 지금 우리나라는 충성과 신의로써 보존되었고, 백제는 오만함으로써 멸망하였으며, 고구려는 교만함으로써 위태롭게 되었다. 이제 만약 우리의 옳음으로써 그들의 그른 것을 친다면 뜻을 이룰 수 있을 것인데, 하물며 대국의 위엄에 빙자하였음에랴. 가거라, 힘쓰라, 일을 실패하지 말라."

두 사람은 절하며 말하였다.

"가르침을 받들어 주선하여 감히 어기지 않으리라."

문무왕은 이적과 더불어 평양을 깨뜨리고 돌아와 남한주에 이르러 여러 신하에게 말하였다.

"옛날, 백제의 명농왕이 고찰산에 있으면서 우리나라를 침공하매 유신의 할아버지 각간 무력은 장수가 되어 적군을 맞아 쳐서 이긴 기세를 타서 그 왕과 재상 4명과 군사를 사로잡아 그 강한 기운을 꺾었고, 또 아버지 서현은 양주 총관이 되어 여러 번 백제와 싸워 그 예봉(銳鋒)을 꺾어 변경을 침범하지 못하게 하였으므로, 변방 백성이 생업에 안심하고 임금과 신하가 근심이 없게 되었더니, 이제 유신이 할아버지와 아버지의 업을 이어 사직신(社稷臣)2)이 되어, 나가서는 장수가 되고 들어와서는 재상이 되어 공적이 뛰어났다. 만약 공의 한 가문에 힘입지 않았다면 나라의 흥망을 알 수 없었을 것이다. 이제 그 관직과 상을 마땅히 어떻게 하여야 할꼬?"

여러 신하들이 아뢰었다.

---

2) 나라의 안위를 맡은 중신.

42

"진실로 왕의 말씀과 같습니다."

이에 태대서발한[1]의 관직과 식읍 500호를 주고 수레와 지팡이도 내렸으며, 전(殿)에 오를 때도 추창[2]하지 않게 하고, 그의 여러 관원에게 각기 벼슬 1급씩을 올려 주었다.

그해 당나라 황제가 이미 이적의 공을 표창하고 드디어 사자를 보내, 신라가 군사를 더 보내 싸움을 원조한 것을 위로하고, 다시 금과 비단을 내렸으며, 유신에게도 조서(詔書)를 내려 표창 장려하고, 또 당나라에 들어와 조회(朝會)할 것을 일렀으나 들어가지 않았다[3].

문무왕 13(673)년 봄에 요성(妖星)이 나타나고 지진이 있으므로 왕이 이를 근심하였다. 유신이 아뢰었다.

"지금의 이변은 액(厄)이 노신(老臣)에게 있고 국가의 재앙은 아닙니다. 왕께서는 근심하지 마십시오."

왕은 말하였다.

"만약 그렇다면 과인이 심히 근심하는 바이오."

유사 신명에게 기도한 6월에 병이 위독하여 왕이 친히 와서 위문하니[4] 유신은 아뢰었다.

"신이 대왕의 팔다리가 되어 힘을 다하여 원수(元首)를 받들려고 하였사오나 신의 명이 이 지경에 이르렀사오니 오늘 이후

---

1) 신라 17등관계 중에서 최고 관직. 진골만이 임명되었으며, 이벌찬 · 이벌간 · 각간 · 각찬 등으로 불렸음.
2) 예도에 맞추어 제 허리를 굽히고 빨리 걸어감.
3) 그 조서는 집에 전해 왔는데, 5대 손자 때에 이르러 이를 잃어버렸다.
4) 사람들이 보니, 군복을 입고 병기를 가진 사람 수십 명이 유신의 집에서 울면서 나오더니 조금 후에 보이지 않았다. 유신이 듣고 말했다. "이는 반드시 신병(神兵)으로 나를 호위하던 자인데, 내 복이 다 된 것을 보고 가 버린 것이니 내가 죽을 것이다."

에는 용안(龍顔)을 다시 뵈올 수 없습니다."

대왕은 울면서 말하였다.

"과인에게 경이 있는 것은 물고기에게 물이 있는 것과 같은데, 만약 경이 돌아간다면 인민은 어찌 되며, 사직은 어찌 되겠소?"

유신이 대답하였다.

"신은 어리석고 불초하여 어찌 국가에 유익함이 있겠습니까? 다행히도 밝으신 왕께서 쓰시어 의심하지 않고 맡겨 의심을 하지 않으므로 밝은 임금을 섬겨 조그마한 공을 이루어 삼한이 한 집안이 되었고, 백성이 두 마음이 없으니, 비록 태평에는 이르지 못하였사오나 소강(小康)⁵⁾이라고 할 수 있습니다. 신이 보옵건대 예로부터 선대를 계승한 임금들은 처음에는 정사(政事)를 잘못하는 이가 없었으나 끝까지 잘하는 이가 드물었으므로 여러 대의 공적을 하루아침에 망치게 되니 심히 가통(可痛)한 일입니다. 삼가 원하옵건대 전하께서는 성공이 쉽지 않다는 것을 아시고, 그것을 지킴 또한 어렵다는 것을 생각하셔서 소인을 멀리하시고 군자를 가까이하시어, 위에서는 조정이 화목하고 아래에서는 모든 백성이 편안해서 화란(禍亂)이 일어나지 않고, 기업(基業)⁶⁾이 무궁하게 전한다면 신은 죽어도 유감이 없습니다."

왕은 울면서 이 말을 받았다. 7월 1일에 자택의 정침(正寢)⁷⁾에서 세상을 떠나니 나이가 79세였다. 왕은 부고를 듣고 몹시

---

5) 소란하던 세상이 조금 안정이 됨.
6) 기초가 되는 사업. 대대로 전해 오는 사업과 재산.
7) 제사를 지내는 몸채의 방, 또는 거처하는 곳이 아닌 주로 일을 잡아 하는 몸채의 방.

슬퍼하였으며, 부의(賻儀)로 채색 비단 1천 필, 벼 2천 석을 주어 장사 비용에 쓰게 하고 군악대 100명을 보내 주악(奏樂)[1]하게 하였으며, 금산에 장사지내게 하고, 유사에게 명하여 비석을 세워 공명을 기록하게 하였다. 또 민호(民戶)를 정해서 무덤을 지키게 하였다.

아내 지소 부인은 태종왕의 셋째 딸이다. 아들 다섯을 낳았는데, 맏아들은 이찬 삼광이요, 둘째 아들은 소판 원술이요, 셋째 아들은 해간 원정이요, 넷째 아들은 대아찬 장이요, 다섯째 아들은 대아찬 원망이요, 딸이 넷이었다. 또 서자에 아찬 군승이 있었는데 그 어머니의 성명은 알 수 없다.

후에 지소 부인은 머리를 깎고 누더기를 입고 비구니가 되었다. 이때 왕이 부인에게 말하였다.

"지금 서울과 지방이 편안하여 임금과 신하가 베개를 높이하고 근심없이 지냄은 태대각간의 덕택이니, 오직 부인이 그 집안을 잘 다스리고 경계하여 서로 협력한 내조의 공이 장하오. 과인은 그 덕을 보답하고자 아직 하루도 마음속에 잊은 적이 없소. 이제 남성의 벼 1천 석을 해마다 드리겠소."

그 후 흥덕왕이 유신을 봉하여 흥무왕이라 하였다.

일찍이 법민왕[2]이 고구려의 반란한 무리를 받아들이고 또 백제의 옛 땅을 차지하였더니, 당나라 고종이 크게 노하여 군사를 보내 쳤다. 당나라 군사가 말갈과 함께 석문(石門)의 들판에 병영을 설치하였다. 왕이 장군 의복·춘장 등을 보내 막아 대방 들판에 병영을 설치하였다. 이때 장창 부대〔長槍幢〕만 홀로 따

---

1) 음악을 연주하는 것, 또는 그 음악.
2) 신라 30대 문무왕을 말함. 법민은 휘.

로 병영을 설치하고 있었는데, 당나라 군사 3천 명을 만나 이를 잡아 대장군의 병영으로 보냈다. 이에 여러 부대에서 모두 말하였다.

"장창 부대의 병영은 따로 있으면서 성공하였으므로 반드시 후한 상을 받을 것이다. 우리도 한 군데 모여 있어서는 안 된다. 헛된 수고만 할 뿐이다."

드디어 군사를 각각 분산하여 진을 쳤더니, 당나라 군사는 말갈과 함께 우리 군사가 진을 치기 전에 와서 쳤으므로 우리 군사가 크게 패하여 장군 효천·의문 등이 전사하였다.

유신의 아들 원술이 비장(裨將)[3]이 되어 있었는데, 싸워 죽으려 하니 그 부관 담릉이 말렸다.

"대장부가 죽는 것이 어려운 것이 아니라 죽음을 의의 있게 하는 것이 어려운 것입니다. 만약 죽어서 성공함이 없다면 살아서 훗날의 성공을 도모함만 못합니다."

원술은 대답하였다.

"남아는 구차스럽게 살지 않는 것인데 장차 무슨 면목으로 우리 아버지를 뵙겠느냐?"

곧 말을 채찍질하여 달려가려 하니, 담릉이 말고삐를 잡고 놓지 않았으므로 마침내 싸워 죽지 못하였다. 상장군[4]을 따라 무이령으로 나오는데, 당나라 군사가 뒤따라 미쳤다. 거열주의 대감 일길간인 아진함이 상장군에게 말하였다.

"공들은 힘써 빨리 가시오. 나는 나이 벌써 70이니 산들 얼마나 더 살겠는가? 이때야말로 내가 죽을 때이다."

---

3) 감사·유수·병사·수사 등에게 따라다니는 관원의 하나.
4) 신라 때의 군의 계급으로 대장군의 다음이고 하장군의 윗지위에 있던 무관.

문득 창을 비껴 들고 적진으로 돌입하여 죽었다. 그 아들 또한 따라 죽었다. 대장군 등은 미행(微行)으로 서울로 들어왔다. 왕이 듣고 유신에게 물었다.

"군사들이 이와 같이 패하였으니 어찌하겠소?"

유신은 대답하였다.

"당나라 사람의 계책은 헤아릴 수 없사오니 마땅히 장수와 군사들을 각기 요해지(要害地)에 지키도록 할 것입니다. 또한 가정의 훈계도 저버렸으니 목 베어야 합니다."

왕은 말하였다.

"원술은 비장이니 원술에게만 홀로 중한 형벌을 줄 수 없소."

이에 용서하였다. 원술은 부끄럽고 두려워 감히 아버지를 뵙지 못하고 전원에 숨어살다가 아버지가 돌아간 후에 어머니를 뵙고자 하니 어머니가 말하였다.

"부녀자에게 삼종(三從)의 의리[1]가 있는데 지금 과부가 되었으니 마땅히 아들을 따라야 할 것이다. 그러나 원술과 같은 자는 이미 돌아가신 아버지께 자식 노릇을 하지 못하였으니 내가 어찌 그 어미가 될 수 있겠는가?"

마땅히 원술을 만나 보지 않으니, 원술은 통곡하면서 가슴을 치고 슬퍼하며 가지 않았으나 부인은 끝내 만나 주지 않았다. 원술은 탄식하며 말하였다.

"담릉이 나를 그르쳐서 이 지경에 이르렀구나."

이에 그는 태백산으로 들어갔다. 문무왕 15(675)년 당나라 군사가 와서 매소천성을 공격하니 원술이 듣고 나와 싸워서 죽어

1) 삼종지의. 여자가 지켜야 할 세 가지의 예의 도덕. 즉 어렸을 때는 아버지를 좇고, 출가해서는 남편을 좇고, 남편이 죽은 뒤에는 아들을 좇으라는 것.

전의 치욕을 씻으려고 하였다. 드디어 힘을 다하여 싸워 공을 세워 상을 받게 되었으나 부모에게 용납되지 않음을 분개 한탄하여 벼슬하지 않고 한평생을 마쳤다.

적손 윤중은 성덕 대왕 때 벼슬하여 대아찬이 되어 여러 번 임금의 은혜를 받았는데, 왕의 친족들이 자못 시기하였다. 그해 8월 보름에 왕이 월성의 산 위에 올라 사방의 경치를 바라보며 시종관(侍從官)들과 술자리를 베풀고 즐기면서 윤중을 불러오게 하니 간하는 사람이 있었다.

"지금 종친과 외척 중에 어찌 좋은 사람이 없겠습니까? 그럼에도 유독 소원(疎遠)[2]한 신하를 부르시니 어찌 이른바 친(親)[3]을 친히 하는 것이겠습니까?"

왕은 말하였다.

"지금 과인이 경들과 함께 평안 무사한 것은 윤중 조부의 덕택이다. 만약 공의 말과 같이 잊어버린다면 착한 이를 착하게 여기는 데는 그 자손에게 미치게 해야 하는 의리가 아닌 것이다."

마침내 윤중을 가까운 자리에 앉게 하고 그 조부의 지난 일에 대해서 이야기하고는 날이 저물어 물러가매 절영산의 말 1필을 내려 주니 여러 신하들은 무안하였다.

성덕왕 32(733)년에 당나라에서 사신을 보내 교유(教諭)하기를,

'말갈과 발해는 겉으로는 속국(屬國)이라 일컬으면서도 속으로는 교활한 마음을 품고 있으므로, 지금 군사를 내어 그 죄를

---

2) 정분이 섬겨 사이가 탐탁하지 않고 멂.
3) 마땅히 친해야 할 사람과 친함. 또는 친척을 말함.

묻고자 하니 경(卿)도 군사를 내어 의각[1]이 되라. 듣건대 옛날
의 장수 김유신의 손자 윤중이 있다고 하니 마땅히 이 사람을
장수로 삼을 것이다.'

하고 인하여 윤중에게 금과 비단을 내려 주었다. 이에 왕은 윤
중과 그 아우 윤문 등 4명의 장군에게 명하여 군사를 거느리고
당나라 군사와 합세하여 발해를 치게 하였다.

윤중의 서손(庶孫) 암은 천성이 총명하고 민첩하여 방사(方
士)[2]의 술법을 익히기 좋아하였다. 젊었을 때 이찬이 되어 당나
라에 들어가서 숙위하였는데, 여가에 스승에게 나아가서 음악
가의 술법을 배웠는데, 한 귀퉁이를 들으면 세 귀퉁이를 알아냈
다.

스스로 《둔갑입성법(遁甲立成法)》을 저술하여 그 스승에게 올
리니 스승은 놀라면서 말하였다.

"그대의 총명 통달함이 이 지경에까지 이를 줄은 생각하지
못하였구나."

이 일로부터 그 후에는 감히 그를 제자로서 대우하지 못하였
다[3].

본국으로 돌아와서 사천대박사가 되었고, 양주 · 강주 · 한주
3주[4]의 태수를 지내고, 집사시랑 · 패강진두상[5]이 되었는데,
이르는 곳마다 정성을 다하여 백성을 사랑하고, 농한기에는 육

---

1) 의각지세. 양쪽에서 잡아당겨 찢으려는 양면 작전의 태세.
2) 신선의 술법을 닦는 사람.
3) 이때는 대력 연간 766~779.
4) 신라 9주 중의 셋으로, 양주는 지금의 양산, 강주는 진주, 한주는 광주임.
5) 신라 때 대동강 하류의 남쪽 연안 지방을 다스리던 관청의 우두머리 관원.

진병법(六陣兵法)을 가르쳤으므로 사람들이 모두 편리하게 여겼다.

일찍이 황충[6]이 서쪽에서 패강을 경계에 들어와서 들판을 덮으매 백성들이 근심하고 두려워하였다. 암이 산꼭대기에 올라가서 향불을 피우고 하늘에 기도하니 갑자기 바람과 비가 크게 일어나서 황충이 모조리 죽었다.

혜공왕 14(778)년 임금의 명령을 받고 일본국에 사신으로 갔더니, 그 국왕은 그의 현명함을 알고 억류하려 하였다. 때마침 당나라 사신 고학림이 와서 서로 만나 보고 심히 반가워하니, 왜인들은 암이 당나라에서도 알려진 사람임을 알고는 감히 억류하지 못하고 돌려보냈다.

4월에 회오리바람이 일어나서 유신의 무덤으로부터 시조 대왕(始祖大王)[7]의 능으로 건너갔는데, 먼지와 안개가 어두워 사람과 물건을 분별할 수가 없었다. 능을 지키던 사람이 들으니 능 속에서 울며 슬피 탄식하는 소리가 있는 듯하였다. 혜공왕이 듣고 두려워하여 대신을 보내 제사를 지내고 사과하고, 취선사에 전답 30결을 바쳐 명복을 빌었다. 이 절은 유신이 고구려·백제 두 나라를 평정하고 세운 것이었다.

유신의 현손(玄孫)인 신라 집사랑 장청이 《행록(行錄)》 10권을 지어 세상에 전하는데, 자못 만들어낸 말이 많았으므로 깎아버리고 그 기릴 만한 것만 취하여 이 열전을 짓는다.

당나라 이강이 헌종에게 답하기를, "간사하고 아첨한 신하를

---

6) 풀무치와 비슷한 메뚜기과에 속하는 곤충. 황충이 이동할 때면 그 때가 해를 가리고, 앉는 곳에는 풀을 말린다고 하며, 농작물에 큰 피해를 줌. 누리라고도 함.

7) 신라의 시조 박혁거세.

멀리하고 충성스럽고 정직한 신하를 올려 쓰며, 대신과 함께 말할 적에 공경하고 믿어서 소인들이 끼지 못하게 하고, 어진 사람과 사귈 적에 친근히 하고 예로써 대우하여 불초한 사람이 끼지 못하게 할 것입니다."

하였다. 이 말은 참으로 옳은 말이다. 실로 임금 노릇을 하는 요긴한 도리이다. 그러므로 옛글에,

'어진 사람을 써서 의심하지 말고, 간사한 사람을 제거하여 의심하지 말라.'

하였다. 신라에서 유신을 대우한 것을 보면 친근하여 서로 막힘이 없었으며, 위임하여 의심하지 않았는데, 계책은 시행되고 말은 들어주어 육오동몽(六五童夢)[1]의 길(吉)을 얻었으므로, 유신은 그 뜻대로 행하여 상국(上國)과 계책을 합하여 3국을 통합하여 한 집을 만들고 공명으로 잘 마쳤다.

비록 을지문덕과 같은 지혜·도략과 장보고 같은 의용으로도 중국의 역사책이 아니면 아주 매몰되어 알려지지 않을 뻔하였는데, 유신은 우리나라 사람들이 그를 칭송하여 지금까지 잊지 않는다. 사대부가 아는 것은 당연하지만, 꼴베는 아이와 소먹이는 아이들까지도 알고 있으니, 그 사람됨이 반드시 보통 사람보다 다른 점이 있다.

---

1) 몽괘(夢卦) 65에 있는 내용. 무지한 사람이 높은 지위에 있으면서 겸손한 태도로 유능한 사람에게 모든 일을 맡기고, 그에 좇고 있는 형상이므로 길하다는 《주역》의 〈산수몽〉에서 나온 말.

을지문덕

고구려 을지문덕은 그 가계(家系)는 자세히 알 수 없다. 자질이 침착하고, 용감하며, 지혜와 도략이 있고, 겸하여 글을 지을 줄 알았다. 영양왕 23(612)년에 수나라 양제[2]가 조서를 내려 고구려를 정벌하였다. 이에 좌익위 대장군 우문술은 부여도로 나오고 우익위 대장군 우중문은 낙랑도로 나와서 9군이 함께 압록강에 이르렀다. 문덕은 왕의 명령을 받고 적의 진영으로 나아가서 거짓으로 항복하였으니 실상은 그 허실을 엿보고자 함이었다.

우문술과 우중문은 먼저 비밀 지령을 받았으니 만약 고구려왕이나 을지문덕이 오거든 잡아 두라는 것이었다. 우중문 등은 문덕을 잡아 두려 하였으나 상서우승[3] 유사룡은 위무사[4]가 되

---

2) 중국 수나라의 제2대 황제. 휘는 광, 또는 영, 문제의 둘째 아들임.
3) 고려의 관직. 종3품관으로 상서도성에 속했음.
4) 위로하고 어루만져 달래는 사람을 말함.

어 군이 말리므로 마침내 문덕을 돌려보냈다. 그들은 매우 후회
하여 사람을 보내 문덕에게 거짓으로 말하였다.

"다시 의논할 일이 있으니 와 주기 바란다."

문덕은 돌아보지도 않고 드디어 압록강을 건너 돌아왔다. 우
문술과 우중문은 이미 문덕을 놓쳐 버리고 마음속으로 불안하
였다. 우문술은 군량이 떨어져 돌아가려고 하였으나, 우중문은
날랜 군사로 문덕을 추격하면 공을 이룰 수 있다고 하였다. 우
문술이 말리니 우중문은 노하여 말하였다.

"장군이 10만 군사를 가지고서 조그만 적을 쳐부수지 못한다
면 무슨 낯으로 황제를 뵙겠소."

우문술 등이 마지못해 압록강을 건너서 문덕을 추격하였다.
문덕은 수나라 군사들이 굶주린 기색이 있는 것을 보고 이를 피
로하게 만들려고 싸울 때마다 번번히 패하니 우문술 등이 하루
에 일곱 차례나 싸워 다 이겼다. 이미 자주 이긴 것을 믿고 또
여러 사람의 의논에 몰려 마침내 동쪽으로 나와 살수를 건너 평
양성 30리 떨어진 산에 의지해서 진을 쳤다. 문덕은 우중문에게
시를 지어 보냈다.

신기한 계책은 저 천문을 연구하였고,
묘한 계산은 이 지리에 통하였네.
싸움에 이겨 공이 이미 높았으니,
만족함을 알아서 그칠지어라.

우중문은 답서를 보내 타일렀다. 문덕은 또 사자를 보내 거짓
으로 항복하고 우문술에게 청하였다.

"만약 군사를 돌이킨다면 마땅히 왕을 모시고 황제의 행재소(行在所)[1]로 가서 조회하겠소."

우문술은 사졸이 피로하여 다시 싸울 수 없음을 보고, 평양성이 험하고 견고해서 창졸간에 함락시키기 어려웠으므로 마침내 그 거짓 항복을 기회로 돌아가려고 방진(方陣)을 만들어 떠났다. 문덕이 군사를 내어 사면에서 나누어 치니 우문술 등은 싸우면서 도망하였다. 살수에 이르러 수나라 군사들이 반쯤 건넜을 때에 문덕은 군사를 내어 그 후군(後軍)을 쳐서 우둔위장군 신세웅을 죽이니 이에 여러 부대가 다 무너져 걷잡을 수 없었다. 9군의 장수와 군사들이 달아나 하루낮 하룻밤에 450리를 걸어 압록강에 이르렀다. 처음에 요하[2]를 건너 올 적에는 구군(九軍)의 수가 40만 5천이었는데, 돌아가 요동성에 이른 사람은 다만 2천 700명뿐이었다.

양제가 요동 싸움에 많이 출병한 것은 지나간 옛날에는 없었던 일이다. 고구려는 한 궁벽한 작은 나라였으나 능히 막아냈으며, 다만 자기 나라를 보전하였을 뿐만 아니라 적의 군사를 격멸시켜 거의 다 없앤 것은 문덕 한 사람의 힘이었다. 옛글에,

'군자가 있지 않으면 나라가 될 수 있으랴.'

한 것이 믿을 만하다.

---

1) 임금이 멀리 거동할 때에 일시 머무는 곳.
2) 중국 만주 남부의 강. 동요하는 요령성 북부 평정산에서, 서요하는 내몽고 자치구 남부에서 발원해서 삼강구 남방에서 합류하여 남쪽으로 흘려 영구에서 발해로 들어감.

거칠부

신라 거칠부는 성은 김씨이니 내물왕의 5세손이다. 할아버지는 각간 잉숙이요, 아버지는 이찬 물력이다. 거칠부는 어릴 때부터 기상이 활달하여 원대한 뜻이 있어 머리를 깎고 중이 되어 사방으로 유람하였다. 고구려를 정탐하고자 하여 그 나라로 들어갔는데, 혜량 법사[1]가 법당을 열고 경을 강설한다는 말을 듣고 드디어 나아가서 설법을 들었다. 어느 날 혜량은 물었다.

"사미(沙彌)[2]는 어디서 왔는가?"

"저는 신라 사람입니다."

그날 저녁에 법사는 거칠부를 불러다 보고는 손을 잡고 비밀히 말하였다.

"나는 사람을 많이 보았으나 그대의 용모를 보니 분명 비상

---

1) 고구려의 중. 고구려 양원왕 때에 신라의 거칠부의 영향으로 신라에 귀화, 진흥왕으로부터 국통의 최고 벼슬을 받고 팔관회와 인왕백고좌회를 실시했음.

2) 불문에 들어가 머리를 깎고 득도식을 막 끝낸, 아직 수행이 미숙한 중.

한 사람인데, 아마 다른 마음이 있는 모양이지."

거칠부는 대답하였다.

"저는 궁벽한 지방에 나서 불교의 이치를 듣지 못하였습니다. 스님의 덕망을 듣고 문하에 왔사오니 원컨대 스님께서는 거절하지 마시고 저의 우매함을 깨우쳐 주옵소서."

법사는 말하였다.

"불민한 노승이 그대를 알아보겠는데, 이 나라가 비록 작으나 사람을 알아보는 이가 없으리라고는 할 수 없다. 그대가 잡힐까 염려되므로 비밀히 알려주니 빨리 돌아가라."

거칠부가 돌아오려고 하니 법사가 또 말하였다.

"그대의 얼굴을 보매 턱은 제비턱이요, 눈은 매눈이니 장래에 반드시 장수가 될 것이다. 만약 군사를 거느리고 오거든 나를 해치지 말라."

거칠부는 말하였다.

"만약 스님의 말씀대로 된다면, 스님과 서로 좋게 지내지 않는다면 밝은 해가 이를 증명할 것입니다."

드디어 본국으로 돌아와서 속인으로 돌아가 벼슬길에 나아가서 관직이 대아찬³⁾에 이르렀다. 진흥왕 6(545)년에 왕의 명령을 받들어 여러 문사를 모아 국사를 편찬하고 벼슬이 파진찬⁴⁾으로 승진되었다.

12(551)년에 왕은 거칠부와 대각간 구진·각찬⁵⁾ 비태·잡찬 탐지(耽知)·잡찬 비서·파진찬 노부·파진찬 서력부·대아찬

3) 신라의 제5등 관계. 진골 이상인 자만이 받을 수 있는 관계로, 공복은 자색이었음.
4) 신라 때의 관계. 17등 관계 중 제4위. 공복의 빛깔은 자색이고 진골 이상이 임명되었음.
5) 이벌찬. 신라 17관등의 첫째 위계를 말함.

비차부 · 아찬 미진부 등 8명의 장군에게 명하여 백제와 더불어 고구려를 치게 하였다. 백제 군사가 먼저 평양을 쳐서 부수니 거칠부 등이 이긴 기세를 타서 죽령[1] 밖 고현 안의 10 고을을 빼앗았다.

이때에 혜량 법사가 그 무리를 거느리고 길가에 나왔다. 거칠부가 내려 군례(軍禮)로써 절하며 말하였다.

"옛날 유학할 때에 법사의 은혜를 입어 생명을 보존하였는데, 지금 서로 만나게 되니 무엇으로 보답해야 될지 알지 못하겠습니다."

법사는 대답하였다.

"지금 우리나라는 정치가 어지러워 멸망할 날이 멀지 않으니 그대의 나라로 데려가기를 원한다."

이에 거칠부는 혜량 법사를 데리고 신라로 돌아와서 왕에게 뵈니 왕은 그를 승통(承統)으로 삼아 처음으로 백좌강회(百座講會)와 팔관법(八關法)[2]을 설치하였다. 진지왕 원년(578)에 거칠부는 상대등[3]이 되어 군국(軍國)의 일을 도맡았다. 늙어서 세상을 떠나니 나이 78세였다.

---

1) 경상북도 영주군 풍기면과 충청북도 단양군 대강면 경계에 있는 고개. 중앙선이 소백 산맥을 넘는 지점임.

2) 고려 때의 불교 의식. 시초는 신라의 진흥왕 때로 생각되며, 고려 태조의 훈요10조 중에도 그 중요성이 지적되어 연등회와 함께 국가의 2대 의식의 하나가 되었음. 조선이 건국하자 배불 정책에 따라 철폐됨.

3) 신라 때의 관직. 상대등은 귀족의 대변자로 17관등을 초월해서 임명되던 최고 관직으로, 나라의 정사를 맡아 다스리는 한편, 화백과 같은 귀족 회의를 주재하는 의장이 되기도 함.

거 도

신라 거도는 성씨가 전하지 않으므로 어느 곳 사람인지 알 수 없다. 탈해 이사금[4]에게 벼슬하여 간(干)[5]이 되었다. 이때 우시산국[6]과 거칠산국[7]이 이웃에 끼어 있어 나라의 근심거리가 되었다. 거도는 변방의 관원이 되어 몰래 두 나라를 병합할 뜻을 품고 있었다. 해마다 한 번씩 많은 말을 장토(張吐)[8] 들판에 모아서 군사들로 하여금 타고 달려 놀이로 삼게 하니, 그때 사람들은 거도를 마숙(馬叔)이라 일컬었다. 두 나라 사람은 그것을 자주 보고는 신라에서 늘 하는 일이라 하여 괴이히 여기지 않았더니, 이에 군사를 일으켜 불의에 습격하여 두 나라를 멸망시켰다.

---

4) 신라 제4대 왕. 탈해왕이라고 부르며 성은 석씨.
5) 신라 때의 외위의 하나. 사지 대우의 벼슬을 말함. 여기서 외위는 신라 때 5경과 9주의 향직을 말함.
6) 울릉도.
7) 신라 때의 지명. 경상남도 동래군 일대.
8) 소유하는 논밭을 말함.

이사부

이사부는 성은 김씨이며 내물왕의 4세손이다. 지도로왕[1] 때에 바닷가 지방의 관원이 되어 거도(居道)의 계책을 물려받아 말놀음으로써 가야를 속여 쳐서 빼앗았다.

13(512)년에 아슬라주[2] 군주(軍主)가 되어 우산국을 합치려 하였으나, 그 나라 사람들이 어리석고 사나워서 위력으로 항복받기 어려웠으므로 꾀로써 굴복시키기로 하였다. 이에 나무로 사자를 많이 만들어 전선에 나누어 실어 그 나라의 바닷가에 가서 속여 말하였다.

"너희가 만약 항복하지 않으면 이 사나운 짐승을 놓아 밟아 죽이겠다."

---

1) 신라 제22대 왕. 지증마립간이라고도 부름. 503년 국호를 신라로 정하고, 512년 우산국에게서 항복을 받았으며, 지증이란 시호를 받았으니 이것이 신라 시법(諡法)의 시작임.
2) 강릉의 신라 때 이름.

그 나라 사람들이 두려워하여 항복하였다. 진흥왕 11(550)년에 백제가 고구려의 도살성을 쳐 빼앗으니 고구려는 백제의 금현성을 함락시켰다. 왕은 두 나라 군사가 피로한 틈을 타서 이사부에게 명하여 군사를 내어 쳐서 두 성을 빼앗아 성을 증축하고, 갑사(甲士)3)를 머물러 지키게 하였다. 이때 고구려에서 군사를 보내 금현성을 쳤으나 이기지 못하고 돌아가는 것을 이사부가 추격하여 크게 이겼다.

---

3) 조선 시대 때 의흥위에 소속된 군인. 갑주를 입고 주로 서울 수비를 담당했으며, 평안도 와 함경도에도 갑사를 두어 변방을 수비하게 했음.

김인문

　김인문은 자는 인수이며, 태종왕의 둘째 아들이다. 어려서부터 글을 배워 유가(儒家)의 글을 많이 읽고 겸하여 노자 · 장자 · 불교의 설을 널리 보았다. 또 예서(隷書) 쓰기와 활쏘기 · 말타기 · 향악[1]을 잘하였다. 행실이 순수하고 예능이 숙달하였으며, 식견과 도량이 크고 넓었으므로 그때 사람들이 그를 존경하였다.

　진덕왕 5(651)년에 인문은 나이 23세인데, 왕명을 받고 당나라에 들어가서 숙위[2]하자 고종은 인문이 바다를 건너와서 조회하니 그 충성이 칭찬할 만하다 하여 특별히 좌영군 위장군을 제수하였다. 7(653)년에 본국에 돌아가게 허락하니 인문이 돌아왔다.

　태종이 압독주의 총관으로 임명하니 장산성을 쌓아 요해처

----

1) 우리나라 음악을 당악에 대해 일컫는 말.
2) 숙직해서 지킴.

(要害處)³⁾를 설치하였다.

태종이 그 공을 포상하여 식읍 300호를 주었다. 신라가 자주 백제에게 침범을 당하였으므로 당나라의 원병을 청하여 그 수치를 씻으려고 그 뜻을 지시하여 인문을 당나라에 보내 숙위하게 하였더니 인문이 군사를 청하였다. 때마침 고종이 소정방을 신구도 대총관으로 삼아 군사를 거느려 백제를 치려 하여 황제가 인문을 불러 길이 험하고 평탄한 것과 거취의 편의를 물으니 인문이 상세히 대답하였다. 황제는 기뻐하여 인문을 신구도 부대총관으로 임명해서 정방의 군으로 가도록 명하였다.

드디어 소정방과 함께 바다를 건너 덕물도에 이르니 왕은 태자와 장군 유신·진주·천존 등에게 명하여 큰 전함 100척에 군사를 싣고 영접하였다. 웅진 어귀에 이르니 적은 강가에 군사를 둔치고 있었으므로 싸워서 부수고 이긴 기세를 타서 그 도성으로 들어가서 멸하였다. 소정방은 의자왕과 태자 효, 왕자 태 등을 포로로 하여 당나라로 돌아갔다. 왕은 인문의 공을 가상히 여겨 파진찬을 삼았고 다시 각간⁴⁾으로 승진시켰다. 얼마 후에 인문은 당나라로 들어가서 전과 같이 숙위하였다. 문무왕 원년 (661)에 고종이 인문을 불러 말하였다.

"짐이 이미 백제를 멸하여 그대 나라의 걱정을 제거하였는데, 지금 고구려는 지세 험함을 믿고 예맥⁵⁾과 더불어 악(惡)을 같이 하여 대국 섬기는 예를 어기고, 이웃 나라와 화목할 의리도 저버렸다. 짐이 군사를 보내 정벌하려 하니 그대는 돌아가

---

3) 지세가 적의 편에 불리하고 자기편에는 우리한 지점. 요충·요충지·요해지라고도 함.
4) 이벌찬이라고도 하며, 신라 17관등의 첫 위계.
5) 고구려의 전신으로 고조선 안에 있었던 한 나라.

국왕에게 고하여 군사를 내어 함께 쳐서 거의 망해 가는 적을 섬멸하라."

인문이 곧 본국으로 돌아와서 황제의 명을 전하니 왕은 인문과 유신 등을 시켜 군사를 훈련시켜 기다리게 하였다. 황제는 형국공 소정방을 명하여 요동도 행군대총관으로 삼아 6군을 거느리고 만리로 돌아와서 고구려 군사를 패강[1]에서 만나 쳐부수고 드디어 평양을 포위하였다. 고구려 사람이 굳게 지켰으므로 이길 수 없어 군사와 말이 많이 죽고 상하였으며 군량도 공급되지 않았다. 인문이 유진 유인원과 함께 군사를 거느리고 쌀 4천 석과 벼 2만 여 곡(斛)을 운반하여 가니, 당나라 군사가 군량을 얻고는 큰 눈이 왔으므로 포위를 풀고 돌아갔다.

신라 군사가 돌아오려 하는데 고구려에서는 길에서 질러 막아 치려 하므로 인문이 유신과 함께 꾀로써 밤에 도망해 왔다. 고구려 군사가 그 이튿날 알고 추격하므로 인문 등은 군사를 돌려 쳐서 크게 이기고 머리 1만 여 개를 베고 5천 여 명을 사로잡아 돌아왔다.

인문은 또 당나라에 들어갔다. 고종이 태산[2]에 올라 봉선(封禪)[3]하는 데 따라갔으므로 우효위 대장군의 벼슬을 더 주고 식읍 400호를 주었다. 6(886)년에 당나라 황제가 영국공 이적을 보내 군사를 거느려 고구려를 치게 하였는데, 또 인문을 보내 우리나라에 군사를 보내라고 하였다. 대왕이 인문과 군사 20만 명을 동원하여 북한산성에 이르러 왕은 그곳에 머물고, 먼저 인

---

1) 대동강의 옛 이름. 패수.
2) 중국의 명산. 예로부터 천자가 제후를 이 곳에 모아놓고 때때로 봉선을 행했음.
3) 흙을 쌓아 단을 만들어 하늘에 제사 지내고, 땅을 정하게 해서 산천에 제사 지내는 일.

문 등을 보내 군사를 거느리고 당나라 군사와 합세하여 평양을 공격하여 한 달 만에 보장왕을 잡았는데, 인문이 보장왕을 영공 (英公) 앞에 꿇어앉히고 그 죄를 일일이 들어 책망하였다. 왕이 두 번 절하니 영공이 예로써 답하고, 곧 보장왕과 남산·남건·남생 등을 잡아서 돌아갔다. 문무왕은 인문의 영특한 지략과 용맹스러운 공로가 뛰어나므로 전대탁각간 박유의 식읍 500호를 주었다. 당나라 고종 또한 인문이 여러 번 전공을 세웠다는 말을 듣고 글을 내렸다.

'조아(爪牙)[4]의 훌륭한 장수요, 문무를 겸한 영특한 인재이다. 관직을 주고 봉토(封土)[5]를 나누어 줌이 마땅하다.'

인하여 작위를 더하고 식읍 2천 호를 주었다. 그 후로 궁중에서 시위(示威)하며 여러 해를 지냈다.

14(874)년에 문무왕이 고구려의 반란한 무리들을 받아들이고 백제의 옛 땅을 차지하니, 당나라 황제가 크게 노하여 유인궤를 계림도 대총관으로 삼아 군사를 내어 우리를 치게 하고, 조서로써 왕의 관직을 빼앗았다. 우효위원외대장군 임해군공이 되어 당나라의 서울에 있었는데, 이 때문에 그를 세워 신라 왕으로 삼고 본국으로 돌아가서 그 형 문무왕을 대신하게 하고 인하여 계림주 대도독 개부의동삼사로 삼았다. 인문은 이를 간절히 사양하였으나 허락되지 않았으므로 마침내 길을 떠났다. 때마침 문무왕이 사신을 보내 조공하고 사죄하니, 황제는 이를 용서하고 왕의 관직을 그전대로 회복시켰다. 인문은 종로에서 돌아가니 또한 그전 관직대로 회복시켰다.

---

4) 발톱과 어금니. 자기에게 긴요한 물건이나 사람. 국가 보필의 신하.

5) 흙을 높이 쌓아 올림.

64

　20(679)년에 진군 대장군 행우무위 대장군으로 전직되고, 보국대장군 상주국 임해군 개공국 좌우림군장군에 임명되었다. 효소왕 3(694)년 4월 29일에 병으로 당나라 서울에서 세상을 떠나니 나이가 66세였다. 황제는 크게 슬퍼하여 수의를 내리고, 조산대부 행 사례시 태의서령 육원경과 판관 조산랑 직사례시 아무 등에게 명하여 영구를 호송하게 하였다. 혀소왕은 그에게 태대각간[1]을 추증하고 유사(有司)[2]에게 명하여 명년 10월 27일에 서울 서쪽 산에 장사지냈다.

　인문은 일곱 차례나 당나라에 들어가 숙위하였는데, 그 시일을 계산하면 22년이나 된다. 이때 또한 해찬[3] 양도도 여러 차례나 당나라에 들어갔다가 서경에서 죽었는데, 그 행사의 시말은 전하지 않는다.

---

1) 신라의 대각간의 위에 있는 위계. 나라에 큰 공로가 있는 사람을 예우하기 위해 베풀었는데, 일찍이 김유신에게 준 일이 있음.
2) 어떠한 단체의 사무를 맡아보는 직무.
3) 파진찬.

김 양

　김양은 자는 위흔이요, 태종왕의 9세손이다. 증조부는 이찬[4] 종기요, 아버지는 파진찬 정여이니 모두 세가(世家)[5]로서 장수와 재상이 되었다. 김양은 나면서부터 영특하고 걸출하였다. 흥덕왕 3(828)년에 고성군 태수가 되었고 얼마 후에 중원대윤에 임명되었다가 조금 후에 무주 도독으로 전임되었는데, 가는 곳마다 행정을 잘한다는 칭찬을 받았다.

　11(836)년에 흥덕왕이 세상을 떠나니 대를 이을 아들이 없었다. 왕의 종제인 균정과 종제 헌정의 아들 아찬 우징, 균정의 매제인 예징과 함께 균정을 받들어 왕으로 삼고, 적판궁에 들어가서 그 종족의 군사로써 호위하게 하였다. 제융의 당(黨)인 김명·이홍 등이 와서 포위하므로 김양은 궁문에 군사를 배치하여 막으며 말하였다.

---

4) 신라의 17등 가운데의 둘째 위계. 진골이 하는 벼슬로, 유리왕 9년에 설치되었음.
5) 여러 대를 이어가며 나라의 중요한 지위에 있거나 특권 및 세록을 누리는 집안.

"새 임금이 여기 계신데 너희는 어찌 감히 이와 같이 흉역(凶
逆)하느냐."

드디어 활을 당겨 10여 명을 쏘아 죽이니 제옹의 부하 배훤백
이 김양을 쏘아 다리를 맞혔다. 균정은 김양에게 말하였다.

"저들은 무리가 많고 우리는 적어 형세가 저들을 막아 낼 수
없으니 공은 퇴각하여 훗날의 계책을 세우시오."

김양은 이에 포위를 뚫고 나가 한정(韓政)의 거리에 이르렀으
나 균정은 난병에게 죽었다. 김양은 하늘을 우러러 통곡하고 해
에 맹세하고는 몰래 산야에 숨어 시기가 오기를 기다렸다.

회강왕 2(837)년 주원(周元)이요, 할아버지는 소판[1] 8월에
전 시중 우징은 남은 군사를 거두어 청해진으로 들어가서 청해
진 대사 궁복과 결탁하여 아버지의 원수를 갚으려고 하였다. 김
양은 이 소식을 듣고 모사[2]와 병졸을 모집하여 민애왕 원년
(838) 2월에 청해진으로 들어가서 우징을 보고 함께 큰일을 일
으킬 것을 모의하였다. 3월에 강한 군사 5천 명을 거느리고 무
주를 습격하여 그 성 아래에 이르니 고을 사람들이 모두 항복하
였다. 나아가 남원에 이르니 신라 군사를 만나 싸워 이겼으나
우징은 사졸들이 오랫동안 싸워 피로하였으므로 잠시 청해진으
로 돌아가서 군사를 기르고 말을 잘 먹였다. 그해 겨울에 살별[3]
이 서울에 나타나서 빛이 동쪽을 가리키니 여러 사람들이 경하
여 말하였다.

"이는 낡은 것을 없애고 새것을 시행하여 원수를 갚고 수치

---

1) 잡찬. 고려 태조 때 신라의 제도를 본떠서 정한 관등의 넷째 등급.
2) 계략을 꾸미는 사람. 남을 도와 꾀를 내는 사람. 모사에 능숙한 사람.
3) 혜성.

를 씻을 상서(祥瑞)이다."

김양은 스스로 평동장군이라 일컫고, 12월에 다시 군사를 일으키니 김양순이 무주의 군사를 거느리고 왔다. 우정이 또 날래고 용감한 염장·장변·정년·낙금·장건영·이순행의 여섯 장수를 보내어 군사를 거느리고 가니 군대의 기세가 매우 강성하였다. 북을 울리며 진군하여 무주 철야현 북주에 이르니, 신라의 대감 김민주가 군사를 거느리고 막았다. 장군 낙금과 이순행이 기병 2천 명으로써 그 진중으로 뛰어들어가서 이들을 죽이고 상해시켜 거의 다 없어졌다.

2(839)년 정월 19일에 군사가 대구에 이르니 민애왕이 군사를 거느리고 막을 맞아 치니, 왕의 군사가 패하여 사로잡고 목베인 수효가 헤아릴 수 없었다. 왕이 도망하여 이궁(離宮)으로 들어가니 군사가 찾아내어 죽였다. 이에 김양이 좌장군과 우장군에게 명하여 기사(騎士)들을 거느리고 두루 돌아다니면서 외쳤다.

"본디 원수를 갚는 것이 목적이었는데 이제 괴수가 죽었으니 의관(衣冠)[4] 사녀(士女)[5]와 백성들은 마땅히 각기 편안히 있고 망동하지 말라."

드디어 서울을 수복하니 인민이 안정되었다. 김양은 배훤백을 불러 말하였다.

"개도 그 주인이 아니면 짖는 법인데 그대는 주인을 위하여 나를 쏘았으니 의로운 사람이다. 두려워하지 않을 것이니 그대는 안심하고 두려워하지 말라."

---

4) 옷과 갓. 문물이 열리고 예의가 바른 풍속.
5) 선비와 부인. 남자와 여자. 신사와 숙녀.

그 무리가 듣고 말하였다.

"훤백도 이와 같이 대우하는데, 그 밖의 사람들이야 무슨 걱정이 있으랴."

감동하여 기뻐하지 않는 사람들이 없었다. 4월에 김양은 궁궐을 맑힌[淸宮] 다음 시중 우징을 맞아들여 왕위에 올리니, 이가 신무왕이다. 7월 23일에 왕이 세상을 떠나고 태자가 왕위를 계승하니, 이가 성왕이다. 김양의 공을 표창하여 소판 겸 창부령을 삼고 시중 겸 병부령으로 전직시켰다. 당나라 사신으로 가니 공에게 검교 위위경을 제수하였다.

19(857)년 8월 13일에 자택에서 세상을 떠나니 나이 50세였다. 부고가 알려지자 왕이 슬퍼하면서 서발한[1]으로 추증하고, 부의와 장사의 절차는 한결같이 김유신에게 한 전례에 의하여 그해 12월 8일에 태종왕의 능 곁에 장사지냈다. 김양의 종형 김흔은 자는 태인데, 그 아버지 장여는 벼슬이 시중 파진찬에 이르렀다. 김흔은 어려서부터 총명하고 학문을 좋아하였다.

헌덕왕 2(822)년에 왕이 당나라로 사람을 들여보내려 하였으나 사람 얻기를 어렵게 여겼더니 어떤 이가 김흔은 태종의 후손으로서 성격이 명랑하고 도량이 깊으니 사신으로 보낼 수 있다고 천거하여 마침내 당나라로 들어가서 숙위하게 하였다. 한 해가 지난 후에 본국으로 돌아오기를 청하니 황제는 그에게 금자광록대부시태상경을 제수하였다. 김흔이 본국으로 돌아오니 왕은 그가 왕명을 욕되게 하지 않았다고 하여 남원 태수로 임명하니, 여러 번 승진되어 강주 대도독에 이르렀고, 조금 후에 이찬

---

1) 이벌찬.

겸 상국[2]으로 승진되었다.

민애왕 2(839)년에 윤정월에 대장군이 되자 군사 10만을 거느리고 청해진 군사를 대구에서 방어하다가 패전하였다.

스스로 패전하고도 죽지 못하였으므로 다시 벼슬하지 않고 소백산으로 들어가서 갈포옷[3]을 입고 나물을 먹고 살면서 중들과 사귀며 지냈다. 문성왕 9(847)년 8월 27일에 병이 들어 산중 서재에서 세상을 떠나니 나이 47세였다. 그해 9월 10일에 내령군의 남쪽 산에 장사지냈는데, 아들이 없었으므로 부인이 상사를 주관하였다. 부인은 그 후에 비구니가 되었다.

---

2) 영의정 · 좌의정 · 우의정의 총칭.
3) 칡의 섬유로 짠 베옷.

흑치상지

흑치상지는 백제의 서부 사람이다. 키가 7척이 넘고 날래고
과감하고 지모와 도략이 있었다. 백제의 달솔로서 풍달군장을
겸하였으니 소정방이 백제를 평정하자 흑치상지는 부하들을 거
느리고 항복하였는데, 정방이 늙은 왕을 가두고 군사를 놓아 크
게 노략질을 하니 흑치상지는 두려워하여 좌우의 추장 열 몇 사
람과 함께 도망해 가서, 무리를 불러 모아 임존산으로 거하여
스스로 굳게 지키니 열흘이 못 되어 모여드는 이가 3만이나 되
었다. 소정방은 군사를 거느리고 이를 공격하였으나 이기지 못
하였다. 흑치상지는 드디어 100여 성을 회복시켰다.

용삭(龍朔) 연간에 고종이 사자를 보내어 불러 타이르니 이에
유인궤에게 나아가서 항복하고, 당나라로 들어가서 좌영군 원
의장군 양주 자사가 되었다. 그가 여러 번 정벌에 종사하여 공
을 쌓자 작위를 주고 특별한 상을 내렸다.

오랜 연후 연연도 대총관이 되어 이다조 등과 돌궐[1]을 쳐서

이를 부수었다. 좌감문위 중랑장 보벽이 적을 끝까지 추격하여
공을 타려 하였으므로 황제는 흑치상지와 함께 적을 토벌하려
고 명하였다. 그러나 보벽이 홀로 진격하다가 오랑캐에게 져서
온 군대가 다 없어졌다. 황제는 보벽을 옥에 내려 죽이고 흑치
상지도 연루되어 공이 없게 되었다. 때마침 주흥 등이 그가 응
양장군 조회절과 배반하였다고 무고하니 옥에 잡아 가두었다가
목을 베어 죽였다.

흑치상지는 부하를 거느리매 은혜를 베풀었다. 일찍이 자기
가 타는 말이 군사에게 매질을 당하자, 어떤 이가 군사에게 죄
주기를 청하니 그는 대답하였다.

"어찌 사마(私馬) 때문에 관병(官兵)을 매질할 수 있는가?"

전후에 받은 상은 부하들에게 나누어 주었고, 남겨둔 재물이
조금도 없었다. 그가 죽자 사람들이 모두 그의 원통함을 슬피
여겼다.

---

1) 6세기 중엽 알타이 산맥 부근에 일어나서 몽고 · 중앙 아시아에 대제국을 건설한 토이
기 계의 유목민.

72

장보고 · 정연

장보고와 정연은 다 신라 사람인데, 단 그들의 고향과 조상은 알 수 없다. 다 싸움을 잘하였는데, 정연은 헤엄질을 잘하여 바다 밑으로 들어가서 50리를 가도 숨이 막히지 않았으니, 그 용맹과 힘을 겨룬다면 장보고가 조금 미치지 못하였다. 정연은 장보고를 형으로 불렀는데, 장보고는 나이로써, 정연은 재능으로써 항시 서로를 굽히지 않았다.

두 사람이 당나라로 들어가서 무녕군의 소장(小將)이 되었는데, 말을 타고 창을 쏘는 기술에는 대적할 수 있는 사람이 없었다. 그 후에 장보고는 본국으로 돌어와서 대왕을 뵙고 아뢰었다.

"중국을 널리 돌아다녀 보오니, 우리나라 사람을 노비로 삼고 있었습니다. 제발 청해를 지켜 적으로 하여금 사람을 잡아 중국으로 가지 못하게 해주십시오."

청해는 신라 바닷길의 요충으로 지금은 완도라고 부른다. 대

왕은 장보고에게 군사 1만 명을 주어 지키게 하였는데, 그 후로
는 해상에서 우리나라 사람을 매매하는 자가 없어졌다. 장보고
는 이미 귀하게 되었는데, 정연은 관직에서 떠나 굶주리고 추위
에 떨면서 사주의 연수현에 살고 있었다. 어느 날 변방을 지키
던 장수 풍원규에게 말하였다.

"나는 신라로 돌아가서 장보고에게 밥을 얻어먹으려 하네."

풍원규는 말하였다.

"그대가 장보고를 저버림이 어떠하였는가? 어째서 그의 손에
죽으려 하는가?"

"굶주림과 추위에 죽는 것은 싸워서 죽는 것처럼 통쾌하지
못하네. 하물며 고향에 돌아가서 죽는 것임이랴."

드디어 들어가서 장보고를 만나 보니 장보고는 그와 술을 마
시며 매우 기뻐하였다. 술 마시기를 마치기 전에 왕〔희강왕〕이
죽음을 당하고 나라가 어지러우며 임금이 없다는 말을 듣자, 장
보고는 군사 5천 명을 정연에게 나누어 주며 정연의 손을 잡고
울면서 말하였다.

"그대가 아니면 나라의 화난을 평정하지 못할 것이다."

정연은 서울로 들어가서 배반한 자를 목 베고 신무왕을 세우
니 왕은 장보고를 불러 재상으로 삼고 정연은 장보고를 대신하
여 청해진을 지키게 하였다. 두목[1]은 다음과 같이 논하였다.

천보(天寶) 때 안녹산[2]의 난리에 삭방절도사 안사순은 안녹

---

1) 중국 당나라 말기의 시인. 호는 번천. 시풍은 호방하면서 아름다움. 작품은 〈아방궁
부〉·〈강남춘〉 등이 유명함. 두보에 대해 소두라고도 함.

2) 중국 당나라 중기의 무장. 716년경 일족이 돌궐로부터 당에 망명함. 중앙의 양국충과
반목이 생겨 755년 범양에서 반란을 일으켜 대연황제라고 칭했으나 다음해에 둘째 아
들에게 살해됨.

산의 종제이므로 사형을 내리고, 곽분양에게 대신하게 하였는데, 그 후 10일 만에 다시 이임회에게 명하여 병부(兵符)를 가지고 가서 삭방(朔方) 군사 반을 나누어 받아 동쪽으로 조·위 지방으로 출정하게 하였다.

안사순이 절도사에 있을 때에 곽분양과 이임회는 함께 아문 도장이 되어 있었는데, 두 사람이 사이가 좋지 못해 비록 같은 식탁에서 음식을 먹더라도 늘 서로 곁눈질하였고 한 마디의 말도 건네지 않았다. 후에 곽분양이 안사순을 대신하게 되자, 이임회는 도망해 가고 싶었으나 결정짓지 못하고 있었는데, 조칙으로 이임회에게 명하여 곽분양의 군사 반을 받아서 동쪽으로 출정하게 하였던 것이다. 이임회는 들어와서 곽분양에게 청하였다.

"내가 죽는 것은 달게 받겠습니다만 처자만은 죽음을 면하게 해주십시오"

곽분양은 뜰 아래로 내려가서 그의 손을 잡고 대청 위로 올라와서 마주 앉아 말하였다.

"지금 나라가 어지러워 임금이 파천한 이때에 공이 아니면 동방을 정벌할 수 없었는데 어찌 사감을 품을 시기이겠소."

작별할 적에는 손을 잡고 눈물을 흘리면서 서로 충의로써 힘껏 하자고 격려하여 마침내 큰 도적을 평정한 것은 실로 두 분의 힘이었다. 그 마음이 배반하지 않을 것을 알고 그 재주가 일을 맡길 만한 것을 알아야만 의심하지 않고 군사를 나누어 줄 수 있는 것이다. 평소부터 분노를 쌓았으니 그 마음을 알아줌이 어렵고, 성내면 반드시 그 단점만 보일 것이니 그 재주를 알아줌은 더욱 어려운 것이다. 이것은 장보고가 곽분양의 현명함과

같다. 정연이 장보고에게 의탁할 적에 반드시 이렇게 말하였을
것이다.

"그는 귀하고 나는 천하니, 내가 몸을 낮추면 그가 옛날 원한
으로써 나를 죽이지는 않을 것이다."

장보고는 과연 정연을 죽이지 않았으니, 이는 사람의 떳떳한
정이다. 장보고가 정연에게 일을 맡긴 것은 권한이 자기에게 있
었으며 정연은 또한 굶주리고 추웠으므로 쉽사리 감동되었겠으
니, 곽분양은 이임회에게 군사를 나누어 주는 명령은 천자에게
서 나왔으니, 장보고에게 비교하면 곽분양이 나은 편이다.

이는 또 성현도 망설이고 의심하는 성공과 실패의 즈음인 것
이다. 저들은 다름이 아니라 인의의 마음과 잡된 마음이 이기면
인의가 사라져 없어질 것이고 인의가 이기면 잡된 마음이 사라
져 없어지는 것이다. 저 두 사람은 인의의 마음이 이미 잡된 마
음을 이겨냈고, 또 명철로써 뒷받침한 까닭으로 마침내 성공하
였던 것이다.

세상에서 주공(周公)[1])과 소공(召公)[2)]을 백대의 스승이라고
하였는데, 주공이 유자(儒子)[3)]를 보좌하자 소공이 이를 의심하
였다. 주공이 같은 성인과 소공 같은 현인으로서, 젊어서는 문
왕을 섬기고 늙어서는 무왕을 보좌하여 능히 천하를 평정하였
는데도 조공의 마음을 소공이 또한 알지 못하였다. 진실로 인의
의 마음이 있더라도 명철로써 뒷받침하지 않으면 비록 소공이

---

1) 중국 주나라의 정치. 문왕의 아들이며 무왕의 동생. 무왕을 도와 은나라를 멸망시킴.
   무왕이 죽자 성왕을 도와 주 왕실의 기초를 튼튼히 했음.
2) 주나라의 정치가. 이름은 석. 소공은 칭호임. 주나라 무왕의 아우인데, 성왕을 도와 주
   나라의 기초를 만들고 산동 반도의 이족을 정벌해서 동방 경로 사업을 성취시켰음.
3) 성왕.

라도 그러하였는데 하물며 그 이하의 사람이랴.

옛말에, '나라에 한 사람이 있어도 그 나라는 망하지 않는다'고 하였다. 대저 멸망한 나라에 사람이 없는 것이 아니라 그 멸망할 때에 어진 사람이 쓰지 않았던 것이니, 진실로 어진 사람을 썼더라면 한 사람으로도 족하였을 것이다.

송기는 이렇게 말하였다.

"아아, 원한 때문에 서로 해치지 않고 국가의 근심을 먼저 걱정한 사람은 진(晉)나라에는 기해가 있었고, 당나라에는 곽분양이 있었다."

장보고를 두고서 누가 우리나라에 사람이 없다고 하겠는가?

사다함

사다함은 그 가계는 진골이고 내물왕의 7세손이며, 그 아버지는 급찬[1] 구리지이다. 사다함은 근본이 좋은 가문에 귀족의 자제로서 풍모가 맑고 준수하며 지기(志氣)가 방정하였으므로 그때 사람들이 그를 받들어 화랑으로 삼기를 청하니 마지못해 화랑이 되었는데, 그 무리가 1천 명이나 되었으며 그 환심을 다 얻었다.

진흥왕이 이찬 이사부에게 명하여 가라국을 습격하게 하자 그때 사다함은 나이 15, 6세인데도 종군하기를 청하였다. 왕은 그가 어렸으므로 이를 허락하지 않았으나, 그의 청이 여러 번이고 뜻이 확고하였으므로 드디어 귀당비장으로 삼으니, 그 무리들이 따라가는 사람 또한 많았다. 가라국의 국경에 이르러 원수

---

1) 급벌찬. 고려때 태조 때 신라의 제도를 본받아 만든 관동의 하나로, 9등급 가운데 제일 끝인 아홉 번째.

(元帥)에게 청하여 휘하의 군사를 거느리고 먼저 전단량[1]으로 들어가니, 그 나라 사람들이 신라 군사가 창졸히 이를 것을 생각하지 않았으므로 크게 놀라 막을 수 없다.

많은 군사가 뒤따라 쳐들어가서 드디어 그 나라를 멸망시켰다.

군사가 돌아오니, 왕은 사다함의 공로를 책정하여 가라국 사람 300명을 주니 이를 받아 모두 놓아 주고 한 사람도 남기지 않았다. 또 전답을 주었으나 굳이 사양하였으므로 왕은 이를 억지로 받게 하니 알천의 척박한 땅을 청할 뿐이었다.

사다함은 일찍이 무관랑(武官郎)과 죽어도 변하지 않는 친구가 되기를 약속하였는데, 무관랑이 병들어 죽었으므로 사다함은 너무 슬피 울어 지쳐서 7일 만에 또한 죽었다.

그때 나이 17세였다.

---

1) 성문 이름으로, 가라국 말로는 문을 양이라고 함.

을파소

을파소는 고구려 사람이다. 국천왕 때에 패자(沛者)[2]인 어비류와 평자(評者)[3]인 좌가려 등이 모두 외척으로서 권세를 마음대로 부려 볼 일을 많이 행하니 나라 사람들이 원망하고 분개하였다. 왕이 노하여 좌가려 등을 베려 하였더니 좌가려 등이 반역을 도모하였으므로 왕이 이를 베고 귀양보내고 드디어 영을 내렸다.

"요사이 관직을 총애로써 주었고 작위는 덕으로써 승진되지 않았으므로 그 해독이 백성에게까지 미쳤고 우리 왕실까지 어지럽혔으니, 이는 과인이 밝지 못한 까닭이다. 지금 너희 4대부에서는 각기 어진 인재로서 아래에 있는 이를 천거하라."

이에 4부에서 함께 동부의 안류를 천거하였다. 왕이 그를 불러들여 정사를 맡기니 안류는 왕에게 아뢰었다.

---

2) 고구려 전기 직제의 대관. 대로와 같이 국정을 총리하던 벼슬 이름임.

3) 비평하는 사람.

"저는 용렬하고 어리석기 때문에 진실로 나라의 정사에 참여할 수 없습니다. 서쪽 압록곡 좌물촌에 있는 을파소란 사람은 유리왕 때의 대신 을소의 후손입니다. 성질이 강직하여 굽히지 않으며, 슬기 있는 생각이 깊습니다만 세상에 쓰이지 않으므로 농사에 힘쓰면서 생활하고 있습니다. 대왕께서 만약 나라를 다스리고 싶으시다면 이 사람이 아니면 안 될 것입니다."

왕이 사자를 보내어 말을 정중히 하고 예물을 후하게 하여 을파소를 초빙하여 중외대부로 임명하고 작위를 더하여 우태[1]로 삼고는 그에게 말하였다.

"내가 외람히 선왕의 업을 이어 신하와 백성들의 위에 있으나, 덕이 적고 재주가 부족하여 나라를 다스리는 도리를 알지 못하였소. 선생은 재주를 감추고 초야에 숨어 있은 지가 오래인데, 이제 나를 버리지 않고 곧 와 주니 다행일 뿐 아니라 사직과 백성들의 복이라 하겠소. 가르침을 받기를 청하니 공은 정성을 다해 주기를 바라오."

을파소는 마음으로는 비록 나라 정사를 맡기로 허락하였으나, 그 받은 관직이 일을 성취시킬 수 없다고 여겨 이에 이렇게 대답하였다.

"제 노둔한 자질로써는 감히 엄한 명령을 감당하지 못하겠습니다. 원컨대 대왕께서는 어질고 착한 이에게 높은 벼슬을 주어 큰 사업을 성취하옵소서."

왕은 그 의사를 알고 이에 국상(國相)[2]으로 임명하여 정사를 맡게 하였다. 이에 조정의 신하들과 왕의 인척들은 을파소가 새

---

1) 우의정.
2) 고구려의 군국의 사무를 맡은 대신.

로 들어온 사람으로서 옛 신하들을 이간한다고 하여 그를 미워
하니 왕은 명령을 내렸다.

"귀하고 친함을 가릴 것 없이 국상의 영을 따르지 않는 사람
은 일족을 없애 버릴 것이다."

을파소는 물러가서 다른 사람에게 말하였다.

"때를 만나지 못하면 숨고, 때를 만나면 벼슬하는 것은 선비
의 떳떳한 일이다. 지금 임금께서 나에게 후의로써 대우하니 어
찌 다시 전일의 숨어살던 것을 생각하겠는가?"

이에 지성으로 나라를 받들어 정치와 교화를 밝히고 상과 벌
을 분명히 하니 인민의 편안하여 서울과 지방이 무사해졌다. 왕
은 안류에게 말하였다.

"만일 그대의 한 마디 말이 없었더라면 내가 을파소를 얻어
나라를 함께 다스리지 못하였을 것이오. 지금 여러 가지 공적이
성취됨은 그대의 공이오."

이에 그를 대사자[3]로 임명하였다.

산상왕 7(203)년 8월에 을파소가 죽으니 나라 사람들이 매우
슬피 울었다.

---

3) 고구려 후기 직제의 4품쯤 되는 벼슬.

김후직

김후직은 신라 지증왕의 증손이다. 진평대왕을 섬겨 이찬이
되었다가 병부령으로 옮겨졌다. 대왕이 사냥을 좋아하였으므로
후직이 간하였다.

"옛날의 임금은 반드시 하루라도 나랏일을 보살펴 깊이 생각
하고 앞일을 염려하였으며, 곁에 있는 다른 선비들이 기탄없이
간하더라도 이를 받아들여 모든 일에 부지런하시고 힘쓰셔서
감히 보전할 수 있었습니다. 이에 전하께서는 날마다 미친 사내
들과 사냥꾼을 데리고 매나 개를 놓아 꿩과 토끼를 쫓아 산과
들을 뛰어다니며 이를 그치시지 않습니다. 노자는 '말을 달려
사냥을 하면 사람의 마음을 미치게 한다'고 하였고, 《서경(書
經)》에서도 '안으로 여색을 빠지거나, 밖으로 사냥에 빠지거나,
이 중에서 한 가지라도 하면 망하지 않는 것이 없다'고 하였습
니다. 이로써 본다면 안으로는 마음을 방탕하게 할 것이고, 밖
으로는 나라를 망하게 할 것이니 살피지 않을 수 없습니다. 전

하께서는 이를 생각하시기 바랍니다."

　왕이 그 말에 따르지 않았다. 또 간절히 간하였으나 왕은 듣지 않았다. 그 후에 후직이 병이 들어 죽게 되자 그의 세 아들에게 일렀다.

　"내가 신하가 되어 임금의 나쁜 허물을 바로잡지 못하였다. 대왕이 놀음을 즐겨 그치지 않다가 나라가 망하는 데 이를까 염려된다. 이 일이 내가 근심하는 바이다. 비록 죽더라도 반드시 임금을 깨우치도록 하려고 생각하니, 내 뼈는 꼭 대왕의 사냥 다니는 길가에 매장해라."

　아들들이 그 말을 따랐다. 훗날 왕이 사냥을 나가니, 중로에서 멀리 소리가 나는데,

　"가지 마시오."

하는 듯하였다. 왕이 돌아오며 소리가 어디서 나느냐고 물었더니, 종자가,

　"저것이 이찬 후직의 무덤입니다."

하고는 드디어 후직이 죽을 때 남긴 말을 아뢰니 대왕은 눈물을 줄줄 흘리면서 말하였다.

　"그는 죽어서도 충성을 다해서 나를 간해 주니, 그가 나를 사랑함이 지극하구나. 내가 만약 끝까지 고치지 않는다면 무슨 면목으로 그의 영령을 대하겠느냐?"

　마침내 세상을 마칠 때까지 다시는 사냥을 하지 않았다.

녹 진

　신라의 녹진은 성과 자는 자세히 알 수 없다. 그의 아버지는 일길찬[1] 수봉이다. 녹진은 23세에 처음으로 벼슬하여 중앙과 지방의 관직을 두루 지냈고, 헌덕왕 10(818)년에 이르러 집사시랑이 되었다.

　14(822)년에 왕은 아들이 없었으므로 동복 아우 수종을 태자로 삼아 월지궁으로 들어오게 하였다. 그때 각간 충공이 상대등이 되어 정사당에서 내의관을 시험하여 뽑고는 관청에서 물러나왔다가 병을 얻어 국의(國醫)를 불러 병을 진찰하였더니,

　"병이 심장에 있으므로 용치탕(龍齒湯)을 꼭 잡수시어야 하겠습니다."

라고 하였다. 드디어 37일 동안의 휴가를 알리고 나와서 문을 닫고 들어앉아 손님들도 만나 보지 않았다. 이에 녹진이 가서

---

1) 신라 17관등의 일곱 번째 위계. 을길간.

만나 보기를 청하니, 이에 문지기가 거절하였으므로 녹진은 말하였다.

"하관(下官)인 제가 상공께서 병으로 물러나셔서 손님을 사절함을 모르는 바가 아니나, 꼭 한 말씀을 상공께 드려서 답답한 근심을 풀어 드리고 싶어 왔을 뿐이다. 만약 만나 보지 못하면 감히 물러갈 수 없다."

문지기가 두 번 세 번 아뢰니 이에 불러 보았다. 녹진은 말하였다.

"듣자오니 귀하신 몸 편안하지 못하다 하온데, 아침 일찍 조회하여 저녁 늦게야 정사를 마치니, 바람과 이슬을 맞아 혈기가 실조되어 신체가 불편해진 것이 아닙니까?"

"그런 정도는 아니오. 다만 어지럽고 답답하여 정신이 불쾌할 뿐이오."

녹진은 말하였다.

"그렇다면 공의 병은 약이 필요도 없으며, 침과 뜸도 필요 없습니다. 지극한 말과 높은 의논으로써 한 번 쳐서 부수겠습니다. 공은 제 말씀을 들어 주시겠습니까?"

"그대가 나를 버리지 않고 기꺼이 와 주었으니 좋은 말을 들어 내 가슴속을 씻기를 원하오."

녹진은 말하였다.

"목공이 집을 지을 때 재목이 큰 것은 대들보와 기둥으로 쓰고 작은 것은 서까래로 쓰며, 눕힐 것과 세울 것을 각기 그 자리에 알맞게 써야만 큰 집이 이루어집니다. 옛날에 어진 재상들이 정치를 하는 일도 이와 무엇이 달랐겠습니까? 재주가 큰 사람은 높은 벼슬자리에 앉히고 작은 사람에게는 낮은 직책을 맡겨, 안으로는 육관[1] · 백집사와 밖으로는 방백[2] · 연수 · 군수 · 현령에 이르기까지 조정에서는 비워 둔 벼슬자리가 없었고, 벼슬자리에는 적임자 아닌 사람이 없었으므로, 웃사람과 아랫사람의 직책이 정해 있었고, 어진 사람과 불초한 사람이 구분되어 있었으니, 그런 후라야 정치가 잘 되었습니다. 지금은 그렇지 않고 사정을 따라 공심(公心)을 저버리고 사람을 위하여 벼슬을 선택하므로 그 사람을 사랑하면 비록 인재가 아니더라도 하늘 위로 끌어올리고, 그 사람을 미워하면 비록 재능이 있더라도 구렁텅이로 빠뜨리려 하니 사람을 쓰고 버림이 그 마음을 혼동시키고, 일의 시비가 그 뜻을 어지럽히면 다만 나랏일만 혼탁하게 될 뿐만 아니라 이 짓 하는 사람 또한 괴로워서 병들게 됩니다. 만약 관직에 있어서는 청백하고 일에 당해서는 신중히 하며, 뇌물질하는 길을 막고 청탁하는 폐단을 없애며, 사람을 물리치고 등용하는 데는 다만 인품의 어리석고 현명함으로써 하고, 관직을 주고 빼앗는 데는 사사로운 사랑과 미움으로써 하지 말며, 저울이 공평하여 가볍고 무거움을 굽힐 수 없는 것같이 하며, 먹줄이 발라서 굽고 곧음을 속일수 없는 것같이 할 것입니다. 이와 같이 한다면 형벌과 정치가 잘 다스려져서 국가가 화평해질 것이니, 비록 공손홍[3]처럼 동각(東閣)을 열어 놓고 조참처럼 술을 내어놓고 벗이나 옛 친구와 함께 얘기로 즐긴다 해도 스스로 즐거울 것입니다. 또 하필 구구이 약을 먹으며 헛되이 시일

---

1) 고려 때 상서육부의 전 이름, 선관 · 병관 · 민관 · 형관 · 예관 · 공관의 여섯인데, 성종 14년에 선관을 이부로, 병관을 병부로, 민관을 호부로, 형관을 형부로, 예관을 예부로, 공관을 공부로 고쳤음.
2) 관찰사.
3) 한나라의 재상.

을 허비하고 사무를 폐지할 필요가 있겠습니까?"

각간은 이에 의관(醫官)을 사례하여 보내고는 수레를 타고 왕에게로 가서 비니 왕은 말하였다.

"경이 기일을 정하고 약을 먹는다고 생각하였는데, 어찌 와서 조회하는가?"

각간은 대답하였다.

"제가 녹진의 말을 들으니 약과 같았습니다. 어찌 용치탕을 마시는 그 일에 비하겠습니까?"

그러고는 왕을 위해 일일이 아뢰니 왕은 말하였다.

"내가 임금이 되고 경이 재상이 되어 있었는데, 사람이 직언하기를 이와 같이 하니 얼마나 기쁜 일이랴? 이를 태자가 알지 않아서는 안 되니 마땅히 월지궁으로 가서 말하오."

태자가 이 말을 듣고 들어와서 하례하였다.

"일찍이 들으니, 임금이 밝으시면 신하가 곧다고 하였사오니 이는 또한 국가의 아름다운 일입니다."

그 후 웅천수 도독 김헌창이 반란을 일으키니 왕이 군사를 거느리고 이를 토벌하였는데, 녹진이 전쟁에 힘을 다하여 공이 있었으므로 왕이 대아찬4) 벼슬을 주니 사양하고 받지 않았다.

---

4) 신라 때 5등인 벼슬의 이름. 서불한으로부터 이 벼슬까지를 진골이라고 했음.

밀우 · 유유

밀우와 유유는 모두 고구려 사람이다. 동천왕 20(246)년 위나라 유주 자사인 관구검이 군사를 거느리고 쳐들어와 환도성을 함락시키니, 왕이 피하여 달아났다. 적의 장수 왕기가 추격하므로, 왕은 남옥저[1]로 피하려고 하여 죽령에 이르렀는데, 군사들은 도망하여 거의 없어졌고, 오직 동부의 밀우가 혼자 왕의 곁에 있다가 왕에게 아뢰었다.

"지금 추격하는 군사가 심히 가까이 오니 형세가 몸을 빼어 갈 수 없겠습니다. 제가 죽기를 결심하고 적을 막겠사오니 임금님은 몸을 피하여 달아나십시오."

드디어 죽음을 결심한 사람들 모집하여 그들과 함께 적진으로 들어가서 힘을 다하여 싸우니, 왕은 겨우 몸을 빼어 달아나 산골짜기에 의지하여 흩어진 군사를 모아 스스로 호위하고는

---

1) 지금의 함경남도에 있는 옛 부족. 옥저라고 부르기도 하는데, 함경북도 방면에 있던 북옥저에 대해 일컬음. 30년경 한의 낙랑군에서 독립했다가 뒤에 고구려에 예속됨.

말하였다.

"만약 밀우를 찾아오는 사람이 있으면 후하게 상을 주겠다."

하부(下部) 사람 유옥구가 앞으로 나와서 대답하였다.

"제가 가겠습니다."

마침내 싸움터에서 땅에 넘어져 있는 밀우를 업고 돌아왔다. 왕은 자기 다리로 밀우를 베이니, 한참 만에 다시 살아났다. 왕은 사잇길로 하여 이리저리 돌아서 남옥저에 이르렀으나 위나라 군사는 추격을 멈추지 않으니, 왕은 더 계책이 없고 형세가 궁하여 어찌할 바를 알지 못하였다. 동부 사람인 유유가 왕 앞으로 나와서 아뢰었다.

"형세가 심히 위급하온데 헛되이 죽을 수는 없습니다. 제게 어리석은 계책이 있사오니 음식을 가지고 위나라 군사에게 가서 먹이고는 기회를 엿봐 적의 장수를 찔러 죽이겠습니다. 만약 제 계책이 성공하거든 왕께서는 곧 힘을 내어 쳐서 최후의 승부를 결정하십시오."

왕은,

"좋다."

고 말하였다. 유유가 위나라 군중으로 들어가서 거짓으로 항복하고는 말하였다.

"우리 임금이 대국에게 죄를 짓고 도망하여 바닷가에 이르렀으나 몸둘 곳이 없게 되었습니다. 진 앞에 와서 항복을 정하고 벌을 받고자 하여 먼저 저를 보내어 변변치 못한 물건이나마 드려 잡수시게 하는 것입니다."

위나라 장수가 이 말을 듣고 항복을 받으려 하자 유유는 칼을 밥그릇에 감추어 가지고 앞으로 나아가서 칼을 빼어 위나라 장수의 가슴을 찔러 죽이고 자기도 함께 죽으니 위나라 군사가 드디어 요란해졌다. 왕은 군사를 세 길로 나누어 급히 치니 위나라 군사는 요란하여 진도 치지 못하고 마침내 낙랑으로 해서 물러갔다.

왕은 나라를 회복하고 공을 논함에 있어 밀우와 유유를 제일로 하여 밀우에게는 거곡·청목곡을 주었고 유옥구에게는 압록과 두눌하원을 주어 식읍으로 삼게 하였다. 그리고 유유에게는 벼슬을 추증하여 구사자로 삼고, 그 아들 다우를 대사자로 삼았다.

명림답부

명림답부는 고구려 사람이다. 신대왕[1] 때에 국상(國相)이 되었는데, 한나라 현도군 태수인 경림이 많은 군사를 일으켜 우리나라를 치려 하였다.

왕은 많은 신하들에게 싸우는 것과 지키는 것이 어느 쪽이 유리한가를 물었다. 여러 사람들은 의논하였다.

"한나라 군사들을 자기들의 수가 많은 것을 믿고 우리를 깔보니, 만약 나가서 싸우지 않는다면 그들은 우리가 겁낸다고 여겨 자주 쳐들어 올 것입니다. 더구나 우리나라는 산이 험하고 길이 좁으니, 이는 이른바 한 사람이 관문을 지키면 만 사람도 당해 낼 수 없는 것입니다. 한나라 군사가 비록 많더라도 우리를 어찌하지 못할 것이니, 군사를 내어 이를 막기를 청합니다."

명림답부는 아뢰었다.

---

[1] 고구려 제8대 왕. 휘는 백고. 태조의 말제. 차대왕 때 임금이 부덕하므로 산에 숨었다가 피시된 뒤 왕위에 오름.

"그렇지 않습니다. 한나라는 크고 백성이 많은데 지금 강한 군사로써 멀리 와서 싸우니 그 강한 선봉을 당해 낼 수 없습니다. 또 군사가 많으며 마땅히 싸워야 되고, 군사가 적으면 마땅히 지켜야 되니 이는 병가(兵家)[1]들이 예사로 하는 일입니다. 지금 한나라 군사는 천리길에 군량을 운반하게 되었으니, 오랫동안 버텨 싸우지 못할 것입니다. 만약 우리가 해자(垓子)[2]를 깊이 파고 성루를 높이 쌓고 인민과 재물을 모두 성 안으로 들이고 들판을 비우고 기다린다면 저들은 반드시 열흘이나 한 달이 지나지 못하고서 굶주리고 피곤해져 돌아갈 것이니, 우리가 강한 군사로써 몰아치면 뜻대로 될 것입니다."

왕이 그렇게 여겨 성문을 닫고 굳게 지키니, 한나라 군사들이 공격해도 이기지 못하였다. 사졸이 굶주리자 군사를 이끌고 돌아가므로 명림답부는 기병 수천 명을 거느리고 추격하여 좌원에서 싸우니, 한나라 군사가 크게 패하여 말 한 필도 돌아가지 못하였다. 왕이 크게 기뻐하여 명림답부에게 좌원과 질산을 주어 식읍을 삼게 하였다.

15(179)년 9월에 죽으니 나이 113세였다. 왕이 친히 빈소에 와서 매우 슬퍼하고 7일 동안 조회를 폐하였다. 예를 갖추어 질산에 장사지내고 20호를 두어 그 무덤을 지키게 하였다.

---

1) 병학의 전문가. 병법을 연구하는 사람. 군사에 종사하는 사람. 중국에 있어서 제자백가의 하나로, 병술을 논하던 학파.
2) 성밖으로 둘러 판 못. 능·원·묘 등의 경계.

석우로

석우로는 내해 이사금의 아들이다.

조분왕[3] 2(232)년 7월에 이찬 벼슬로서 대장군이 되어 나가서 감문국을 토벌하여 이를 부수고 그 땅을 군·현으로 편입시켰다. 4(233)년 7월에 왜인이 쳐들어오니 우리는 적군을 사도에서 맞아 싸웠는데, 바람을 놓아 적의 전함을 불사르니 적이 물에 빠져 죽어 거의 없었다.

15(224)년 정월에 우로는 벼슬이 서불감으로 승진되고 겸해서 병마의 일을 맡았다. 16년에 고구려가 북쪽 변방을 침공하였으므로 나가서 쳤으나 이기지 못하고 물러나와 마두책(馬頭柵)을 방비하였다. 밤이 되자 사졸이 추위에 떨고 있었으므로 우로는 몸소 진중을 다니면서 그들을 위로하고, 손수 섶[4]과 풀에 불

---

3) 신라 제2대 왕. 비는 내해왕의 딸 아미 부인. 전왕이 승하할 때의 유언으로 사위인 조분이 왕위를 계승했음.

4) 누에가 올라가 고치를 짓도록 마련해 놓은 짚이나 잎나무. 물고기가 많이 모이도록 물 속에 쌓아 놓은 나무.

94

을 피워 따뜻하게 해주니, 여러 사람이 속으로 감동하고 기뻐하여 솜을 몸에 지닌 듯이 추위를 잊었다. 점해왕 때에 우리나라에 속해 있던 사량벌국이 갑자기 배반하여 백제에 붙었으므로 우로는 군사를 거느리고 가서 이를 쳐서 멸망시켰다. 7년 계유(253)년에 왜국의 사신 갈나고가 와서 객관(客觀)[1]에 있었는데, 우로는 그 대접을 맡아 있으면서 사신과 희롱해 말하였다.

"멀지 않아 너의 왕국을 소금 만드는 노예로 삼고 왕비를 밥 짓는 여자로 삼게 될 것이다."

왜 왕이 이 말을 듣고 노하여 장군 우도주군을 보내 우리나라를 침범하였으므로 왕이 나가서 유촌에 있었다. 우로는 왕에게 아뢰었다.

"이번의 환란은 신이 말을 조심하지 않은 까닭이오니 신이 책임을 지겠습니다."

드디어 왜군에게 가서 말하였다.

"전일의 말은 희롱한 것인데 어찌 군사를 일으켜 이렇게 올 줄이야 생각하였겠습니까?"

왜인은 대답하지 않고 우로를 잡아 나무를 쌓아 그 위에 올려놓고 불을 질러 그를 태워 죽이고 돌아갔다. 우로의 아들은 어려서 걸을 수 없었으므로 사람들이 그를 안아 말에 태워서 돌아왔다. 그가 후에 흘해왕이 되었다.

미추왕 때 외국의 사신이 왔는데, 우로의 아내는 국왕에게 청하여 왜국 사신을 사사로 접대하여 술이 몹시 취하자 장사를 시켜 뜰로 끌어내려 불에 태워 죽여 전날의 원수를 갚았다. 왜인

---

1) 각사. 객지의 숙소. 궐패를 모시어 두고, 임금의 명을 만들고 내려오는 벼슬아치를 대접하고 묵게 하던 집. 고을마다 둠.

이 분풀이로 와서 금성을 공격하였으나 이기지 못하고 돌아갔다.

논(論). 우로는 그때 대신이 되어 군무와 국적을 맡았는데, 싸우면 반드시 이기고, 비록 이기지 못하더라도 패하지는 않았으니, 그 계책이 반드시 남보다 뛰어난 사람이 없겠다. 그러나 한 마디 말의 잘못으로 스스로 죽음을 당하였고, 두 나라로 하여금 싸우게 하였다.

그 아내는 원수를 갚을 수 있었으나 이는 변통(變通)[2]이요 정도는 아니다. 만약 그렇지 않았더라면 그 공적 또한 기록할 만하겠다.

---

2) 임기응변으로 일을 처리함.

박제상

신라 박제상은 시조 혁거세의 후손이요, 파사왕의 5세손이다. 할아버지는 갈문왕 아도요, 아버지는 파진찬 물품이다. 제상은 벼슬이 삽량주의 간(干)이 되어 있었다.

이보다 먼저 실성왕 원년 임인(402)년에 신라는 왜국과 강화하였는데, 왜 왕이 내물왕의 아들 미사흔을 볼모로 삼기를 청하였다. 왕은 일찍이 내물왕이 자기를 고구려에 볼모로 보낸 것을 원한으로 여겨 그 아들에게 원한을 풀려고 한 까닭으로 왜 왕의 청을 거절하지 않고 보냈다. 11년 임자(412)년에 고구려에서도 마사흔의 형 복호를 볼모로 데려가고 싶어하였으므로 왕은 또한 보냈다.

눌지왕이 왕위에 오르자 변사(辯士)¹⁾를 얻어 가서 이들을 맞아 오려고 하였는데, 수주촌의 간 벌보말과 일리촌의 간 구리내

---

1) 입담이 좋아서 말을 잘 하는 사람. 연설 · 강연 등을 하는 사람.

와 이이촌의 간 파로 등 세 사람이 현명하고 지혜가 있다는 말을 듣고 그들을 불러 물었다.

"내 아우 두 사람이 왜국과 고구려의 두 나라에 볼모로 가서 여러 해가 되어도 돌아오지 않으므로 형제의 정으로 생각하여 그칠 수 없으니, 제발 그들을 살아 돌아오도록 해야 될 것인데 어찌 하면 되겠소?"

세 사람은 같이 대답하였다.

"저희들이 듣건대, 삽량주의 간(干) 제상은 강직하고 용감하며 지모가 있다 하오니 전하의 근심을 풀어 드릴 것입니다."

이에 제상을 불러 앞으로 오게 하고 세 사람의 말을 고하고 가 주기를 청하니 제상은 대답하였다.

"신이 비록 어리석고 불초하오나 감히 명령을 받들지 않겠습니까?"

드디어 예물을 가지고 고구려에 들어가서 그 왕에게 말하였다.

"신이 듣건대, 이웃 나라를 사귀는 도리는 성신(誠信)으로 할 뿐이라 합니다. 만약 왕자를 볼모로 삼아 교환한다면 이는 오패²⁾가 한 일에도 미칠 수 없으니 실로 말세의 일입니다. 지금 저희 임금의 사랑하는 아우가 이 나라에 와 있은 지가 거의 10년이 되었으므로 저희 임금은 형제의 정으로 몹시 깊이 생각하고 있사오니 만약 대왕께서 호의로 돌려보내시면 대왕께는 아홉 마리의 소에서 한 개의 털이 떨어진 것과 같아 아무런 손해가 없지만 저희 임금이 대왕께 은덕을 느낌은 헤아릴 수 없을 것입

---

1) 중국 춘추 시대 제후의 맹주로서, 패업을 이룩한 다섯 사람. 제나라 환공·진나라 문공·송나라 양공·초나라 장왕을 일컬음.

니다. 왕은 생각해 주소서."

왕은,

"좋다."

고 하면서 같이 돌아가기를 허락하였다.

그들이 본국으로 돌아오니 왕은 기뻐하여 위로하면서 말하였다.

"내가 두 아우를 생각함이 좌우의 팔과 같았는데 이제 다만 한 팔만 얻었으니 어찌 할꼬."

제상은 아뢰었다.

"신이 비록 용렬하오나 이미 몸을 나라에 바치기로 하였사오니, 끝내 임금의 명령을 욕되게 하지는 않겠습니다. 그러나 고구려는 큰 나라이며 왕 또한 어진 임금이었으므로 신이 한 마디의 말로써 깨우쳤던 것입니다만, 왜인은 말로써는 깨우칠 수 없사오니, 마땅히 속이는 꾀로써 왕자를 돌아오게 해야 하겠습니다. 신이 왜국으로 가거든 신이 나라를 배반하였다고 죄상을 만들어 그들에게 이 소문이 들리게 하소서."

이에 죽음을 맹세하고 아내와 자식도 보지 않고 율포에 가서 배를 타고 왜국으로 향하였다. 그 아내는 이 소식을 듣고 달려와 포구에 이르러 떠나는 배를 바라보고는 크게 통곡하며 말하였다.

"잘 다녀오시오."

제상은 그를 돌아보며 말하였다.

"나는 임금의 명령을 받고 적국으로 들어가니 그대는 나를 다시 볼 기약을 하지 마오."

드디어 바로 왜국으로 들어가서 본국을 배반하고 온 사람처럼 하니 왜 왕이 이를 의심하였다. 그런데 백제에서 먼저 왜국으로 들어온 사람이 참소해서 말하였다.

"신라와 고구려가 왕의 나라를 쳐들어오려 합니다."

왜국에서는 마침내 군사를 보내 신라의 국경 밖을 순라[1]하게 하였는데, 때마침 고구려에서 와서 쳐들어와 왜국의 순라하는 사람끼리 사로잡아 죽였으므로 왜 왕은 그제야 백제 사람의 말을 사실로 여겼다.

또 신라 왕이 미사흔과 제상의 가족을 가두었다는 말을 듣고, 제상을 실제로 신라를 배반하고 온 사람으로 여겼다. 이에 군사를 동원하여 신라를 습격하려고 하여, 제상과 미사흔을 장수로 임명하고 그들로 하여금 길을 인도하게 하였다. 바다 가운데 섬에 이르러 왜국의 여러 장수들은 비밀히 의논하였다.

"신라를 멸한 후에는 제상과 미사흔의 처자를 잡아 돌아오자."

제상은 이 의논을 알면서도 미사흔과 더불어 배를 타고 놀면서 물고기와 오리를 잡는 것처럼 하니 왜인들은 이를 보고 별다른 마음이 없다고 여겨 기뻐하였다. 이에 제상은 미사흔에게 몰래 본국으로 돌아가기를 권하니 미사흔은 말하였다.

"제가 장군을 아버지처럼 받드는데 어찌 저 혼자만 돌아가겠소."

"만약 두 사람이 함께 떠난다면 계책이 이루어지지 못할까 염려된다."

미사흔은 제상의 목을 끌어안고 울면서 하직하고 돌아갔다.

---

1) 도둑·화재 등을 경계하기 위하여 봄·여름에는 오후 8시, 가을·겨울에는 오후 7시부터 도성 안의 통행을 금지시키고, 순행군이 순행하는 일.

제상은 혼자 방 안에서 자고 늦게 일어났으니, 미사흔을 멀리 떠나게 하려고 한 것이다. 여러 사람이 물었다.

"장군께서 어찌 늦게 일어나십니까?"

"어제 배를 저었더니 피곤하여 일찍 일어날 수가 없었다."

제상이 일어나서 나오니, 미사흔이 도망한 것을 알고, 드디어 제상을 결박하고 배를 저어 뒤쫓았으나 때마침 연기와 안개가 침침하여 따라가지 못하였다. 제상을 왜 왕에게로 데리고 가서 목도로 귀양 보냈다가 얼마 후에 사람을 시켜 나무에 불을 질러 온 몸을 태운 후에 목을 베었다.

눌지왕은 이 소식을 듣고 슬퍼하여 제상에게 대아찬을 추증하고 그 가족에게 후한 상을 내리고, 미사흔에게 제상의 둘째딸을 아내로 삼게 하여 그 은혜를 갚게 하였다. 처음에 미사흔이 돌아올 때 6부 사람들에게 명하여 멀리 나가서 그를 맞이하게 하였고, 그를 보자 손을 잡고 서로 울며 형제들을 모아 술자리를 베풀고 매우 즐거워하였다. 그때 왕이 스스로 노래를 지어 부르고 춤을 추어 그 뜻을 나타냈으니, 지금의 향악 우식곡(憂息曲)이 이것이다.

귀 산

귀산은 신라 사량부 사람이며, 그의 아버지는 아간 무은이다. 귀산은 젊었을 때 같은 부의 사람인 추항을 벗으로 삼았다. 두 사람은 서로 말하였다.

"우리는 덕행이 높고 학문이 있는 이와 교유하기로 기약하였는데, 먼저 마음을 바루고 몸을 닦지 않으면 아마 치욕을 당함을 면치 못할 것이니, 어찌 어진 사람에게 가서 도리를 듣지 않으랴."

이때 원광 법사가 수나라에 들어가서 공부하고 돌아와서 가실사에 있었는데, 그때 사람들이 그를 존경하였다. 귀산 등은 그 문하로 가서 공손히 나아가 아뢰었다.

"속세의 인사가 우매하여 아무것도 아는 바가 없사오니 부디 한 말씀 내리셔서 평생의 잠언[1]을 삼도록 해주십시오."

---

1) 가르쳐서 훈계가 되는 말.

법사는 말하였다.

"불교의 계율에는 보살계(菩薩戒)[1]가 있어 그 조항이 열이 있으나, 너희는 남의 신하와 자식된 몸이 되었으니 아마 감당하지 못할 것이다. 지금 세속의 다섯 계율이 있으니 첫째는 충성으로써 임금을 섬길 것이요, 둘째는 효도로써 어버이를 섬길 것이요, 셋째는 신의로써 벗을 사귀는 것이요, 넷째는 싸움에 다다르면 물러서지 않는 것이요, 다섯째는 생물을 죽이되 가려서 죽일 것이다. 너희는 이것을 실행하여 소홀히 하지 말라."

귀산 등이 말하였다.

"다른 것은 이미 말씀을 알아들었습니다만, 이른바 '생물을 죽이되 가려서 죽인다'는 말씀만은 뜻을 알지 못하겠습니다."

"육재일(六齋日)[2]과 봄철·여름철에는 생물을 죽이지 않는 것이니 이는 시기를 가림이요, 내 집에서 기르고 부리는 것은 죽이지 않는 것이니 곧 말·소·닭·개를 이름이요, 잔생물을 죽이지 않음은 곧 고기가 한 점도 되지 못하는 것을 이름이니 이는 물(物)을 가림이다. 그 소용되는 것만 죽이지 많이 죽이지는 않을 것이다. 이것이 세속의 선계(善戒)이다."

귀산 등은 말하였다.

"지금부터는 이 말을 받들어 실행하여 감히 어기지 않겠습니다."

진평왕 건복[3] 19(597)년 8월에 백제가 크게 군사를 동원하여

---

1) 자리·이타의 보살도에 정진하는 중이 지켜야 하는 계. 대승 보살계. 대승계.
2) 한 달 중 깨끗이 재계하는 6일. 곧, 음력의 8·14·15·23·29·30일. 이날은 귀신이 득세하여 사람을 잘 해친다고 하므로 매사를 꺼리고 삼가는 풍습이 있음.
3) 신라 진평왕의 연호.

와서 아막성을 포위하니 왕이 장군 파진간 건품 · 무리굴 · 이리벌과 급간 무은 · 비리야 등을 시켜 군사를 거느리고 막게 하였는데, 귀산과 추항은 모두 소감(少監)[4]으로서 싸움에 나갔다.

백제 군사는 패하여 천산 못에 물러나서 군사를 매복시키고 기다리니, 우리 군사가 진격하였으나 힘이 피곤하여 물러나 돌아왔다. 이때 무은이 후군(後軍)이 되어 군대의 맨 뒤에 섰는데, 백제의 복병이 갑자기 나와서 갈고리로 끌어당겨 말에서 내리니, 귀산이 큰 소리로 말하였다.

"내 일찍이 원광 법사에게 들으니 '용사는 싸움에 다달아 물러서지 않는다'고 하였는데 어찌 감히 패하여 달아나겠는가."

적군 수십 명을 쳐서 죽이고 자기 말로써 아버지를 구해 내고는 추항과 함께 창을 휘둘러 힘을 다하여 싸우니, 모든 군사들이 이를 보고 기운을 내어 후려쳐서 백제 군사의 넘어진 시체가 들에 가득하고, 한 필의 말과 한 짝의 수레도 돌아간 것이 없었다.

귀산 등은 창 · 칼에 다친 상처가 온 몸에 가득하여 돌아오는 도중에 죽었다. 왕은 많은 신하들과 함께 아나들까지 마중나와서 그들의 시체를 보고 통곡하며 예를 갖추어 장사지내었다. 벼슬을 추증하였는데, 귀산에게는 내마[5]를, 추항에게는 대사를 주었다.

---

4) 신라 육정 · 구서당 · 십정 · 오주서의 각 군영의 기병이나 보병을 거느리면 무관 벼슬. 위계는 대사 이하.
5) 신라 17관등의 두 번째 위계. 내마에는 중내마에서 7중내마까지 7계급이 있었음.

강 수

　강수는 신라 중원경의 사량 사람이다. 그의 아버지는 내마 석체이다. 그 어머니가 꿈에 머리에 뿔이 난 사람을 보고 아이를 배었는데, 그가 출생하자 머리 뒤에 높은 뼈가 있었다. 석체는 당시에 유명한 현인에게 아이를 데리고 가서 물었다.
　"이 아이의 머리뼈가 이와 같으니 어째서 이렇습니까?"
　그 사람은 대답하였다.
　"내가 들으니 복희씨[1]는 범의 형상이요, 여와씨는 뱀의 몸이며, 신농[2]의 머리는 소와 같았고, 고요의 입은 말과 같았다 하

---

1) 중국 고대의 제왕. 삼황오제의 수위를 차지하며 팔괘를 처음으로 만들고 그물을 발명하여 어렵의 방법을 가르쳤다고 전함. 《열자》에는 '뱀의 몸에 사람의 얼굴'(蛇身人面)에 '소의 머리에 호랑이의 꼬리'(牛首虎尾)를 가졌다고도 기록됨. 창조신으로 알려짐.
2) 중국의 전설상의 제왕. 삼황의 한 사람으로, 성은 강. 형상은 사람의 몸에 소의 머리. 화덕으로써 염제라고도 하며, 농업·의료·악사의 신. 또 8괘를 겹쳐서 64괘를 만들어 역자(易者)의 신, 주조와 양조 등의 신이 되고 교역의 법을 가르쳐 상업의 신으로도 되어 있음.

니 성현도 우리와 같은 사람이면서 그 형상이 또한 범상하지 않은 것이 있었다. 또 아이의 머리를 보니 사마귀가 있는데, 상법(相法)³⁾에 의하면 얼굴에는 좋은 사마귀는 없고, 머리에는 흉한 사마귀는 없다 하니 이 아이는 반드시 귀이한 인물일 거요."

아버지는 돌아와서 그 아내에게 말하였다.

"이 아이는 보통 아이가 아니니 잘 양육하시오. 마땅히 장래에 국사(國士)가 될 것이오."

그가 자라자, 스스로 글을 읽을 줄 알아 뜻과 이치를 통하였다. 아버지가 그의 뜻을 알고자 하여 그에게 물었다.

"너는 불법을 배우려느냐? 유학을 배우려느냐?"

그는 대답하였다.

"저는 들으니, 불법은 속세를 떠난 교(教)입니다. 저는 속세 사람이온데 어찌 불법을 배우겠습니까. 유자(儒者)의 도를 배우겠습니다."

"네가 좋아하는 대로 해라."

드디어 스승에게 나아가서 《효경(孝經)》·《곡례(曲禮)》·《이아(爾雅)》·《문선(文選)》을 읽었는데, 들은 것은 비록 천근(淺近)⁴⁾하였으나 스스로 깨달은 것은 깊고 원대해서 우뚝히 당대의 인걸(人傑)이 되었다. 드디어 벼슬하여 관직을 역임하고 이름난 사람이 되었다.

강수는 일찍이 부곡의 대장간집〔治家〕딸과 야합⁵⁾하여 정이 자못 두터워졌는데, 나이 20살이 되자 그 부모는 읍에 사는 여

---

3) 관상을 보는 방법. 상술.
4) 깊숙한 맛이 없어 얕음.
5) 부부 아닌 남녀가 서로 정을 통함. 좋지 못한 목적 밑에 서로 어울림.

자로서 용모와 행실을 구비한 사람을 구해서 아내로 맞이하려 하니 강수는 두 번 장가들 수 없다고 사양하였다. 아버지는 노하여 말하였다.

"네게는 당대의 명성이 있어 나라 사람이 알지 못하는 이가 없는데 미천한 사람을 배필로 삼는 것이 수치가 아니냐."

강수는 두 번 절하며 말하였다.

"가난하고 천한 것은 부끄러운 일이 아닙니다. 도를 배워 이를 행하지 않는 것이 진실로 부끄러운 일입니다. 일찍이 들으니 옛 사람의 말에, '겨 먹던 아내는 마루에도 내려보내지 아니하고 빈천할 때 사귄 친구는 잊을 수 없다'고 하였으니 미천한 아내를 차마 버릴 수 없습니다."

태종왕이 왕위에 오르자 당나라 사자가 와서 조서를 전하였는데, 그 조서 가운데 읽기 어려운 곳이 있었다.

왕이 강수를 불러 물으니 그는 왕의 앞에서 한 번 보고는 해석하여 막힘이 없었다. 왕은 몹시 기뻐하여 만나기 늦은 것을 한탄하여 그 성명을 물으니 그는 대답하였다.

"저는 본디 임나가량[1] 사람이온데 이름은 우두라 합니다."

왕이 말하였다.

"경의 머리의 뼈를 보니 강수(强首) 선생이라 일컬으라."

그에게 당나라 황제의 조서에 회답하는 표(表)를 짓게 하였는데, 문장이 잘 되었고 의사가 곡진하였다. 왕은 더욱 기특히 여겨 이름을 부르지 않고 임생이라 불렀다. 강수는 일찍이 살림살이에 유의하지 않고 집이 가난해도 즐거워하였다. 왕이 유사

---

1) 지금의 고령 지방에 있었던 나라. 대가야.

에게 명하여 해마다 신성의 벼 100석을 주게 하였다. 문무왕이 말하였다.

"강수는 문장을 자기의 임무로 삼아 능히 글로써 중국 및 고구려·백제 두 나라에 의사를 잘 통한 까닭으로 화호(和好)를 맺어 성공하였다. 우리 선왕이 당나라에 군사를 청하여 고구려와 백제를 평정한 것은 비록 무공이라 하지만 또한 문장의 도움도 있었으니, 강수의 공을 어찌 소홀히 하겠는가?"

사찬[2] 벼슬을 내리고 녹으로 해마다 벼 200석을 더 주었다. 신문왕 때 이르러 죽었다. 장사는 관(官)에서 치르고 부의로 의복과 비단 등을 준 것이 매우 많았으나, 그 집 사람들은 사사로이 쓰지 않고 모두 불사(佛事)에 썼다. 그의 아내가 먹을 것이 모자라 고향으로 돌아가려고 하므로 대신이 듣고 왕에게 청하여 벼 100석을 주니 그는 사양하며 말하였다.

"저는 천한 사람입니다. 의식은 남편에게 의지하여 나라의 은혜를 많이 받았습니다. 지금은 이미 홀몸이 되었는데 어찌 감히 다시 후한 은혜를 받겠습니까?"

드디어 받지 않고 돌아갔다. 이때의 문장가를 일컬어 강수·제문·수진·양도·풍훈·골파가 있다. 제문 이하의 사람은 그 사실이 전한 것이 없으므로 전(傳)을 짓지 못한다.

---

2) 신라 때 17관등의 여덟 번째 관등. 살찬.

최치원

    최치원은 자는 고운이며 신라 서울의 사량부 사람이다. 사전(史傳)[1]이 없어져서 그 대대의 계통은 알 수 없다. 치원은 어려서부터 정민(精敏)하여 학문을 좋아하였다. 나이 12살에 배를 타고 당나라로 유학하러 가는데, 그 아버지가 말하였다.

    "10년이 되도록 과거에 오르지 못하면 내 아들이 아니다. 가거라, 학문에 힘쓸지어다."

    치원은 당나라로 가서 스승을 따라 학문을 게을리하지 않았다. 경문왕 13(874)년에 예부시랑 배찬이 주관하는 과거에 급제하여 선주 율수현위에 임명되었고, 치적(治績)이 우등으로 승무랑 시어사 내공봉으로 승진되고 자금어대(紫金魚袋)를 내려주

---

1) 역사나 전기. 역사상의 자료인 기록을 기초로 하여 쓴 전기.
2) 당나라 말기의 유적. 희종 건부 원년에 산동에서 황소의 난을 일으켜 중국을 휩쓸었으며, 한때 장안을 함락시켜 황소 스스로 제위에 올라 재제라고 자칭했으나 당시 병마사 이극용에게 평정되었음.

었다.

이때 황소[2]가 반란을 일으키매, 고병이 제도행영병마도통이 되어 토벌하였는데, 치원을 불러 종사관으로 삼아 서기의 임무를 맡겼다. 치원이 지은 표(表) · 장(狀) · 서(書) · 계(啓) 등의 글은 지금까지 전한다.

나이 28살 때, 치원이 본국에 돌아오려는 뜻이 있는 것을 당나라 희종이 알고 조서를 가지고 돌아가게 하였다. 헌강왕이 그를 머물러 두어 시독[3] 겸 한림학사[4] 수병부시랑 지서서감이 되게 하였다.

치원은 당나라에 가서 배워 아는 것이 많았으므로 본국에 돌아와서는 자기 뜻을 행하려 하였으나 세상이 말세가 되어 의심하고 꺼리는 사람이 많아 용납되지 못하였으므로 외직으로 나가 태산군 태수가 되었다.

진성여왕 7(894)년에 납정절사인 병부시랑 김처희가 바다에 빠져 죽어 버렸으니, 곧 추성군 태수 김준을 고주사로 삼아 당나라로 보냈다. 이때 치원이 부성군 태수로 있었는데, 그를 불러 하정사로 삼았으나, 이때 해마다 흉년이 들었으므로 도적이 종횡하여 길이 막혀 가지 못하였다.

그 후에 치원이 또한 사신으로 당나라에 갔는데, 다만 그 연월은 알 수 없다. 그의 문집에 태사 시중에게 올린 글이 있는데, 다음과 같다.

'듣잡건대, 동해 밖에 세 나라가 있으니, 그 이름은 마한 · 변한 · 진한으로 마한은 고구려요, 변한은 백제이며, 진한은 신라

---

3) 조선 말 궁내부의 황태자궁 시강원에 딸린 한 벼슬.
4) 고려 때 학사원. 한림원의 학사.

입니다. 고구려와 백제가 한창 왕성할 그 시기에는 강한 군사가 100만으로, 남으로 오월[1]을 침략하고 북으로 유연[2]·제로를 건드려서 중국의 큰 해가 되어 수나라 황제가 망한 것도 고구려 정벌에 연유되었으며, 정관 연간(644)년에 당나라 태종 황제가 친히 6군을 통솔하고 바다를 건너와서 정벌하였더니, 고구려가 위엄을 두려워하여 강화를 청하였으므로 문황이 항복을 받고 행차를 들이켰던 것입니다. 이때 우리의 무열왕은 정성을 다하여 도와서 한 지방의 난리를 평정하였고 당나라에 조알(朝謁)[3] 하는 일이 이때부터 시작되었던 것입니다. 후에 고구려와 백제가 계속하여 나쁜 짓을 하였으므로 무열왕은 일곱 번이나 사신을 보내어 길잡이가 되기를 청하였습니다. 고종 황제 현경 5(660)년 소정방에게 명하여 10도의 강한 군사와 누선(樓船)[4] 1만 척을 거느리고 가서, 백제를 크게 쳐부수고 그 땅에 부여 도독부를 설치하고, 백제의 유민(遺民)을 불러 모아 중국의 관리로써 다스리게 하였는데, 풍습이 같지 않아 여러 번 반란이 일어나므로 드디어 그 인민을 하남으로 옮겼습니다. 총장 원년(668)에는 영공 서적에게 명하여 고구려를 쳐부수어 안동 도독부[5]를 설치하고, 의봉 3(678)년에 이르러 그 인민을 하남과 농

---

1) 중국 춘추 전국 시대의 오나라와 월나라.
2) 몽고의 땅에 자리잡고 살던 고대의 유목 민족. 동진 초에 선비의 척발씨에 속했다가 척발씨의 남천 후 5세기 초에 그 옛 땅을 차지했으나 555년 돌궐에게 멸망함.
3) 왕세자가 책봉된 뒤에 부왕께 뵈는 예식.
4) 다락이 있는 배. 안에 2층으로 집을 지은 배.
5) 668년 고구려가 망한 뒤에, 그 영토를 다스리기 위하여 평양에 두었던 당나라의 통치 기관. 고구려 유민의 독립 운동과 신라의 통일 운동으로 패퇴를 거듭하다가 신라 문무왕 때 지금의 심양으로 후퇴했음.

우로 옮겼습니다. 고구려의 잔당 등이 떼를 지어 모여서, 북으로 태백산(백두산) 밑을 근거지로 하여 나라 이름을 발해라고 하고, 개원 20(732)년에 이르러 당나라에 원한을 품고 군사를 거느리고 등주를 습격하여 자사[6] 위준을 죽이니 이에 명 황제가 크게 노하여 내사 고품, 하행성과 태복경 김사란에게 명하니 군사를 내어 바다를 건너가서 치게 하였습니다. 때문에 우리 국왕 김모에게 정태위 지절 충녕 해군사 계림주 대도독으로 삼았습니다. 깊은 겨울이라 눈이 많이 쌓여 중국 군사가 추위에 고생하였으므로 군사를 돌이키도록 명을 내렸습니다. 그 후 지금에 이르기까지 300여년 동안이나 한 지방에 아무 일이 없고 창해가 평안함은 곧 저희 무열왕의 공입니다. 이제 저는 유문(儒門)의 말학(末學)이요, 해외의 범상한 재주로써 외람되어 표장(表章)을 받들고 살기 좋은 낙토(樂土)에 와서 조회하게 되었으니, 간절한 정성을 털어놓고 말씀해야 할 것입니다. 살피옵건대, 북극의 왕자 김장렴이 바람을 만나 명주에 이르자 해안에 내리니 절동의 어느 관원이 호송하여 서울로 들어가게 하였고, 원화 2(807)년에는 입조사 김직량이 반역자의 난리로 길이 통하지 않아 마침내 초주에서 해안에 내려 길을 둘러서 양주에 이르러서야 황제의 행차가 촉으로 간 것을 알았더니, 고태위가 도두 장검을 보내 호송하여 서천에 이르게 하였으니, 전일의 사례가 분명합니다. 원하옵건대, 태사 시중께서는 은혜를 내리시어 특별히 수륙(水陸)의 통행증을 내려 주어 가는 곳마다 배·숙식

---

6) 중국의 지방 관리. 송나라 이후에 폐지되었는데, 한나라 때에는 정무의 감찰관이었으며 수·당나라 때에는 주지사였음.

과 여행하는 데에 말의 초료(草料)¹⁾를 공급해 주고 군인들을 시켜 호송하게 하여 황제 앞에 이르게 해주십시오.'

여기서 이른 태사 시중은 그 성명을 알 수 없다. 치원이 서쪽으로 당나라에 가서 벼슬하다가 동쪽 고국으로 돌아왔는데, 두 나라가 모두 어지러운 세상이므로 불우하여 움직이면 문득 허물을 얻게 되었으므로, 스스로 때를 만나지 못함을 슬퍼하며, 다시 벼슬할 뜻이 없고 산림 아래와 강과 바닷가에서 소요하게 방랑하여 대사 누각과 정자를 짓고, 소나무와 대를 심고, 책 속에 파묻혀 풍월을 읊었으니, 경주 남산, 강주의 빙산, 합주 청량사, 지리산 쌍계사, 합포현의 별서가 모두 그가 놀던 곳이다. 맨 후에는 가족을 데리고 가야산 해인사에 숨어 살았는데, 그의 형인 중 현준 및 정현 스님과 도우(道友)를 맺어 휴식하고 한가로이 지내면서 여생을 마쳤다.

처음 당나라에 유학하였을 때 강동의 시인 나은과 서로 잘 알았는데, 나은이 자기 재주를 믿고 스스로 뽐내어 가벼이 남을 허여(許與)하지 않았으나, 치원에게 자기의 지은 시가 5축(軸)을 보이며, 치원과 동년(同年)인 고운과 잘 지냈는데, 치원이 돌아올 때에 고운이 시를 지어 전송하였다. 그 대략은 이러하다.

내 들으니, 동해에 세 금자라(金鼇)가 있는데, 금자라 머리에
  는 높은 산을 이고 있다네.
높은 산 위에는 구슬 궁궐, 황금 궁전이 있고 산밑에는 천만

리의 넓은 물결이 있다네.

그 곁의 한 점 계림(鷄林)[2]이 푸른데 금오산[3] 정기가 기특한
　사람을 낳았구나.

12살에 배를 타고 바다를 건너와서 문장이 중국을 감동시켰
　네.

18살에 문단(文壇)에서 재주를 겨루어 단번에 과거에 뽑혔구
　나.

《신당서(新唐書)》의《예문지(藝文志)》에 다음과 같이 씌워 있
다.

　'최치원에게는《사육집(四六集)》1권과《계원필경(桂苑筆耕)》
20권이 있다.'

　그 주(註)에는 이렇게 씌어 있다.

　'최치원은 고려 사람이다. 빈공과[4]에 급제하여 고병의 종사[5]
가 되어 그 이름이 상국(上國)에 떨침이 이와 같았다. 또 문집
30권이 세상에 행해졌다.'

　일찍이 우리 태조가 일어나매, 치원은 그가 비상한 인물이므
로 반드시 천명을 받아 나라를 세울 것을 알고 편지를 보냈는
데, 그 편지 속에, '계림의 누런 잎, 곡령의 푸른 솔(鷄林黃葉鵠

---

　2) 신라 탈해왕 때부터 한때 부르던 그 나라 이름. 동왕 9년에 시림에서 이상한 닭의 울음
　　소리가 들려 찾아보니, 나뭇가지에 금빛의 궤가 있고 그 속에 아이가 들어 있었는데, 이
　　아이가 김알지로 뒤에 신라의 왕이 되었음.
　3) 경상북도 선산군에 있는 산. 고려 말엽의 학자 길재가 숨어든 곳으로, 그를 제사 지내던
　　금오 서원이 있음.
　4) 당나라의 과거제의 1과. 외국인에게 보이기 위한 것인데, 당시 신라인이 많이 응시, 합
　　격했음.
　5) 조선 때 무반 잡직의 종8품.

嶺靑松)'이란 문구가 있었다. 그의 문인들로서 고려 초기에 와
서 벼슬이 높은 관직에 이른 사람이 한 둘이 아니었다.

현종 때에 치원이 태조의 왕업을 비밀히 도왔으므로 그 공을
잊을 수 없다 하여, 교지를 내려 내사령[1]으로 증직(贈職)하였
다. 14(1023)년에 이르러 문창후라는 시호를 추증하였다.

---

1) 고려 때 내사 문하성의 장관. 종1품. 성종 원년에 내의령으로 고친 후 문종이 다시 중서
령으로 고침.

설 총

설총은 자는 총지이다. 그의 할아버지는 담날 내마요, 아버지 원효가 처음에 중이 되어 불서(佛書)에 널리 통하였다. 후에 속인으로 돌아가서 스스로 소성거사라 칭하였다. 설총은 천성이 총명하여 나면서부터 도리를 깨달아 알았다. 우리말로써 《구경(九經)》을 풀어 읽어 후생들을 가르쳤으므로, 지금에 이르기까지 학자들이 그대로 따르고 있다. 또 글을 잘 지었으나 세상에 전하는 것이 없다. 신문왕 때에 일찍이 《화왕계(花王誡)》 한 편을 지어 바쳤는데, 다음과 같다.

왕이 중하(仲夏)에 높고 시원한 누각에 계시면서 설총을 돌아보고 말하였다.

"오늘은 장마가 처음으로 개이고, 바람은 훈훈하고 날씨는 서늘하니 비록 맛좋은 음식과 맑은 음악이 있어도 고상한 이야기와 재미있는 말로 울적한 마음을 푸는 것만 같지 못하다. 그대에게는 반드시 신비로운 얘기가 있을 것이니, 어찌 나에게 그

것을 말하지 않는가?"

설총은 대왕에게 아뢰었다.

"그렇습니다. 저는 이런 얘기를 들었습니다. 전일에 화왕(花王)[1]이 처음 왔을 적에 왕을 향기로운 동산에 심고 푸른 장막으로써 보호하였는데, 때마침 삼춘(三春)[2]을 당하여 예쁜 꽃을 피우니 모든 꽃 중에서 유달리 뛰어났습니다. 이에 멀고 가까운 곳으로부터 고운 영(靈)과 아릿다운 영(英)들이 모두 분주히 와서 뵈려고 서로 앞을 다투었습니다. 문득 한 가인이 고운 얼굴에 백옥 같은 이빨로써, 곱게 단장하고 아름다운 옷을 입고 아장아장 얌전히 앞으로 가서 아뢰었습니다. '첩은 백설 같은 모래 강변을 밟고, 거울처럼 맑은 바다를 대하며, 봄비에 목욕하여 때를 씻고, 맑은 바람을 쏘이며 유쾌히 사옵는 자로, 이름은 장미라 합니다. 임금님의 높으신 덕을 듣자와 향기로운 장막에서 잠자리에 모실까 하여 찾아왔습니다. 임금님께서는 저를 거두어 주시겠습니까?' 또 한 장부가 베옷에 가죽띠를 매고 백발을 휘날리며 지팡이를 짚고 천천히 걸어 앞으로 나와 허리를 굽히며 아뢰었습니다. '나는 서울 밖의 큰 길가에 살고 있습니다. 아래로는 푸르고 아득한 들판을 굽어보고, 위로는 높디높은 산에 기대어 있으며 이름을 할미〔白頭翁〕라고 합니다. 그윽히 생각하옵건대 임금님의 좌우의 공급이 비록 풍족하여 고량진미(膏粱珍味)로 배를 부르게 하고, 차와 술로써 정신을 맑게 한다 하더라도 상자에 저장한 것 중에 마땅히 좋은 약으로 원기를 도와 주고 침으로써 독을 제거해야 하는 것입니다. 때문에 비록

---

1) 꽃 중의 왕이라는 뜻으로, 모란꽃을 가리키는 말.
2) 봄의 석 달. 맹춘과 중춘과 계춘을 말함.

명주실·삼실로 만든 신이 있다고 하더라도 왕골[3]로 만든 신을 버리지 않았으므로 모든 군자는 부족에 대비되지 않는 것이 없다고 합니다. 혹 임금님께서도 뜻이 있으십니까?' 어떤 이가 아뢰었습니다. '두 사람이 왔는데, 누구를 취하고 누구를 버리시렵니까?' 임금은 말하였습니다. '장부의 말 또한 도리가 있지만 가인은 얻기 어려우니 장차 어찌할꼬?' 장부는 아뢰었습니다. '나는 임금께서 총명하셔서 도리를 아실 것이라고 생각한 까닭으로 왔더니, 이제 뵈오니 그렇지 않습니다. 무릇 임금된 분으로 간사하고 아첨한 자를 가까이 하고 정직한 이를 멀리하지 않는 분이 드뭅니다. 때문에 맹자는 때를 만나지 못하고 평생을 마쳤으며, 풍당은 머리가 희도록 낭관(郎官)[4]으로 파묻혀 있었던 것입니다. 예로부터 이와 같았으니 나인들 어찌하겠습니까?' 임금은 말하였습니다. '내가 잘못하였소. 내가 잘못하였소' 하였습니다."

이에 왕은 설총의 화왕계를 듣고 수심스러운 기색을 띠어 얼굴빛이 변하더니 말하였다.

"그대의 우화에는 실로 깊은 뜻이 있소. 부디 그 말을 써서 임금된 자의 경계로 삼게 하겠소."

드디어 설총을 높은 벼슬에 뽑아 올렸다. 우리 현종 13(1022)년에 추증하여 홍유후로 봉하였다. 어느 사람은 설총이 일찍이 당나라에 들어가서 배웠다고 하지만 그런지 그렇지 않은지는 알 수 없다.

---

3) 방동사니과에 속하는 일년초. 줄기의 단면은 삼각형으로 대단히 질기고 강해 피부를 쪼개어 방석·돗자리 등을 만들고, 줄기 속은 모자·노끈·제지의 원료가 됨.
4) 각 관아의 당하관의 총칭.

최승우는 진성왕 4(890)년에 당나라에 들어가서 7(893)년에 시랑[1] 양섭의 주재 아래에 급제하였다. 《사육집》 5권이 있는데, 자기가 서문을 쓰고 《호본집(奧本集)》이라 하였다. 후에 견훤을 위하여 격서(檄書)[2]를 지어 우리 태조(고려 태조)에게 보냈다.

최언휘는 나이 18살에 당나라로 가서 유학하여 예부시랑 설정규의 주재 아래 급제하고, 나이 42살에 본국에 돌아와서 집사시랑 서서원 학사가 되었다. 후에 태조가 나라를 세우니 와서 벼슬하여 그 벼슬이 한림원 대학사, 평장사에 이르렀다. 죽은 후에 문영이라는 시호를 내렸다.

김대문은 신라 귀족의 자제이다. 성덕왕 3(704)년에 한산주[3] 도독이 되었다. 전기 몇 권을 지었는데, 《고승전(高僧傳)》·《화랑세기(花郞世記)》·《악본(樂本)》·《한산기(漢山記)》는 아직 남아 있다. 박인범·원걸·거인·김운경·김수훈 등은 비록 겨우 문자가 전한 것이 있으나 역사에 그 행적이 전하지 않으므로 열전을 지을 수 없다.

---

1) 신라 때 집사성·병부·창부의 버금 벼슬. 위계는 아찬에서 내마까지.
2) 격문을 적은 글.
3) 신라가 553년에 백제의 한성을 빼앗아 신주를 설치하고 664년에 개칭한 이름.

해 론

해론은 신라의 모량부 사람이다. 그의 아버지는 찬덕인데, 용감한 뜻과 뛰어난 절조가 있어 이름이 한 시대에 높았다. 진평왕 건복 27(610)년에 찬덕을 뽑아 단잠성 현령으로 삼았다. 이듬해 10월에 백제가 군사를 크게 일으켜 단잠성을 공격한 지가 100여 일이나 되자 진평왕은 장수에게 명하여 상주 · 하주 · 신주의 군사를 거느리고 구원하게 하였다. 드디어 가서 백제 군사와 싸웠으나 이기지 못하고 돌아왔다. 찬덕이 이를 분하게 여겨 사졸들에게 말하였다.

"3주의 군사들이 적이 강한 것을 보고는 전진하지 않고 성이 위태함을 보고도 구원하지 않으니, 이는 의리가 없는 것이다. 의리 없이 사는 것보다는 의리가 있게 죽는 것이 낫다."

이에 감정이 극도에 이르러 힘을 다해서 싸우고 지켜, 양식이 떨어지고 먹을 물이 없어져도 오히려 시체를 먹고 오줌을 마시며 힘껏 싸워 해이되지 않았다. 그 이듬해 봄 정월에 이르러 군사들이 이미 피로해지고 성은 함락되려 하자 그 형체가 다시 보전할 수 없게 되었다. 이에 하늘을 우러러 크게 부르짖었다.

"우리 임금께서 내게 한 성을 맡겼는데, 나는 이를 보전하지 못하고 적에게 패하게 되었으니, 원컨대 죽어서 큰 악귀가 되어 백제 사람을 다 잡아먹고 이 성을 수복하리라."

드디어 팔을 뽐내고 눈을 부릅뜨고는 달려가서 홰나무1)에 부딪쳐 죽었다. 이에 성이 함락되고 군사들은 모두 항복하였다. 해론은 나이 20살에 아버지의 공으로 대내마가 되었다. 건복 35년 무인(618)년에 왕이 해론을 금산 당주로 삼으니, 그는 한산주의 도독 변품과 함께 군사를 일으켜 단잠성을 습격하여 이를 빼앗았다. 백제에서 이 소식을 듣고 군사를 일으켜 쳐들어오니 해론 등이 이를 대기하여 막았다. 군사들이 이미 접전하자 해론은 여러 장수들에게 말하였다.

"그전에 우리 아버지가 이곳에서 죽었는데, 나 또한 백제 사람과 이곳에서 싸우게 되었으니, 오늘은 내가 죽을 날이다."

드디어 길이가 짧은 무기를 쥐고 적진으로 쳐들어가 몇 사람을 죽이고 전사하였다. 왕은 이 소식을 듣고 눈물을 흘렸으며, 그 가족에게 후한 상을 내려 그들을 도와 주었다. 이때 사람들이 슬퍼하지 않는 이가 없어 장가(長歌)를 지어 그의 영령을 위로하였다.

---

1) 회화나무. 콩과에 속하는 낙엽 활엽 교목. 산이나 들 및 촌락 부근에 흔히 심는데, 정원수·가구 및 신탄재로 쓰이며, 꽃과 과실은 약용함.

`

소 나

소나는 백성군 사산 사람이다. 그의 아버지는 심나인데, 힘이 남보다 뛰어났고 몸이 가볍게 날랬다. 사산은 경계가 백제와 맞닿아 있었으므로 서로 침입하여 쉬는 달〔月〕이 없었다. 심나는 언제나 나가서 싸우면 그가 가는 곳에는 튼튼한 진지가 모두 무너졌다.

인평 연간에 백성군에서 군사를 내어 가서 백제의 변방 고을을 침입하니, 백제에서는 정병(精兵)을 내어 급히 공격하였다. 우리 군사들은 혼란하여 퇴각하는데, 심나는 홀로 버티고 서서 칼을 빼어들고 성난 눈을 부릅뜨고 크게 꾸짖으며 적 수십 명을 베어 죽이니 적이 두려워하여 감히 대항하지 못하고 드디어 군사를 끌고 달아났다. 백제 사람들이 심나를 가리켜,

"신라의 비장(飛將)이다."

라고 서로를 말하였다.

"심나가 아직 살아 있는 동안에는 백성군에 가까이 가지 말

라."

소나는 웅장하여 그 아버지의 기풍이 있었다. 백제가 멸망한 후에 한주 도독 유공이 태종에게 청하여 소나를 아달성으로 옮겨 북쪽 변방을 막게 하였다.

문무왕 15(675)년 봄에 아달성 태수 급찬 한선이 백성들에게 영을 내려 아무 날에는 일제히 나가서 삼을 심을 것이니, 영을 어기지 말라 하였다. 말갈[1]의 간첩이 알고 돌아가서 그 추장에게 알렸다. 그날이 되자 백성들이 모두 성밖으로 나가서 밭에 있었는데, 말갈이 몰래 군사를 이끌고 갑자기 성안으로 쳐들어와서 온 성을 약탈하니 늙은이와 어린애들이 창졸에 어찌할 바를 몰랐다. 소나가 칼을 휘두르며 적을 향하여 큰 소리로 외쳤다.

"너희는 신라에 심나의 아들 소나가 있는 줄 아느냐? 나는 실로 죽음을 두려워하여 살기를 도모하지 않는다. 싸우고 싶은 자가 있으면 어찌 나오지 않느냐?"

드디어 분노하여 적진에 돌진하니 적이 감히 가까이 오지 못하고 다만 소나를 향하여 활만 쏘았다. 소나 또한 활을 쏘니 나르는 화살이 벌떼와 같았다. 진시(辰時)[2]로부터 유시(酉時)[3]에 이르니, 소나의 온 몸에는 화살이 고슴도치의 털처럼 꽂혀 마침내 넘어져 죽었다.

소나의 아내는 가림군의 양가(良家)의 딸이었다. 처음에 소나가 아달성이 적국에 가까이 있으므로 자기 혼자만 가고 그 아내

---

1) 만주 동북 지방에 있던 통구스 계의 일족. 숙신 · 읍루 · 물길은 모두 그의 옛 이름임.
2) 하루를 12시간으로 나눈 다섯째 시간. 곧 오전 7~9시 동안.
3) 오후 5시부터 7시까지의 시각.

는 집에 머물러 있게 하였는데, 고을 사람들은 소나가 죽었다는 말을 듣고 그를 위로하니, 그 아내는 울면서 대답하였다.

"내 남편은 늘 말하기를 '장부가 마땅히 전쟁터에서 죽어야 지, 어찌 자리에 누워서 집사람의 손에 죽을 수 있겠느냐?' 하 였습니다. 그의 평상시의 말이 이와 같았으니 지금 죽은 것은 그의 뜻대로 된 것입니다."

왕은 듣고 눈물을 흘려 옷깃을 적시며 말하였다.

"소나의 부자가 나랏일에 용감하였으니 대대로 충의를 이었 다고 할 수 있다."

소나에게 잡찬 벼슬에 내렸다.

취 도

취도는 신라 사량 사람으로, 내마 취복의 아들이다. 역사에 그의 성은 전하지 않는다. 형제가 세 사람인데, 맏이는 부과요, 다음은 취도요, 끝은 핍실이다. 취도는 일찍이 속세를 떠나 중이 되어 이름을 도옥이라 하고 실제사에 살았다. 태종왕 때에 백제 군사가 와서 조천성을 치니, 왕이 군사를 일으켜 나가 싸웠으나 승부가 결정되지 않았다. 이에 도옥이 그 무리에게 말하였다.

"내 듣건대, 중이 된 이는 상등은 수도(修道)를 정하게 하여 마음을 깨치고, 그 다음은 도(道)를 활용하여 남을 이익되게 한다고 하는데, 나는 모양만 중과 같을 뿐이지 한 가지의 선행(善行)도 취할 만한 것이 없었으므로, 종군하여 몸을 죽여 나라의 은혜를 갚는 것만 같지 못하다."

곧 법의를 벗어 버리고 군복을 갈아입고는 이름을 취도라고 고쳤으니, 달려서 군사가 된다는 뜻이다. 이에 병부에 나아가서 삼천당(三千幢)¹⁾에 소속되기를 청하여 드디어 군대를 따라 싸움터로 달려갔다. 깃발이 세워지고 북 소리가 울리자 취도는 창·칼을 쥐고 적진으로 돌격하여 힘을 다하여 싸워 몇 사람을 죽이고 전사하였다.

그 후 문무왕 11(671)년에 군사를 일으켜 백제 변방 땅의 곡식을 짓밟고, 드디어 백제 사람과 웅진 남쪽에서 싸웠다. 이때 부과가 당주(幢主)²⁾로서 싸우다가 죽었는데, 그 공을 논하여 제일로 하였다.

신문왕 4(684)년에 고구려의 잔당들이 보덕성에 웅거³⁾하여 반란을 일으키매 신문왕이 장수에게 명하여 이를 토벌하게 하였는데, 핍실을 귀당제감⁴⁾으로 삼았다. 핍실이 떠날 적에 그 아내에게 말하였다.

"내 두 형이 나랏일에 죽어서 이름이 영원히 전하게 되었으니 내 비록 불초하나 어찌 죽음을 두려워하여 구차하게 살겠는가? 오늘은 그대와 살아 헤어지는데, 결국 이것이 죽는 이별이다. 상심하지 말고 잘 있으라."

적과 대전하자 혼자 나가 힘을 떨쳐서 적군 수십 명을 베어 죽이고 전사하였다. 왕이 듣고 눈물을 흘리며 탄식하였다.

"취도는 죽을 곳을 알아 아우들의 마음을 격동시켰고, 부과와 핍실 또한 능히 대의에 용감하여 그 몸을 돌보지 않았으니, 장하지 않은가?"

---

1) 신라의 군사 조직체.
2) 신라의 군직. 10정(停)에 소속. 정원은 1정마다 6명씩, 합계 60명이었음. 사지부터 대내마까지의 관원 중에서 임명되었음.
3) 어떤 땅에 자리잡고 굳세게 막아 지킴.
4) 신라의 군직. 귀당은 지방의 가장 중요한 군관구에 두던 군영이었음.

그들에게 모두 사찬 벼슬을 추증하였다.

눌 최

신라 눌최는 사량 사람으로, 대내마 도비의 아들이다. 진평왕 건복 41(624)년 10월에 백제가 크게 침입하여, 군사를 나누어서 속함·앵잠·기잠·봉잠·기현·용책[1] 등 6성을 포위 공격하였으므로, 왕이 상주·하주·귀당·법당·서당의 5군(五軍)에게 명하여 가서 이를 구원하게 하였다. 이 군사가 이미 이르렀으나, 백제 군사의 진영이 잘 정돈되어 그 강한 선봉을 당해낼 수 없음을 보고 머뭇거리며 나아가지 않았다. 어떤 사람이 의견을 내어 말하였다.

"대왕께서 5군으로써 여러 장수에게 맡겼으니 나라가 보존되고 멸망됨은 이 한 번 싸움에 달려 있소. 병가의 말에 '될 만한 일을 보고 진격하고, 어려움을 알고 퇴각한다'고 하였는데, 이제 강한 적군이 앞에 있으니 계략을 쓰기를 좋아하지 않고 곧장

---

1) 신라 때의 지명. 경상남도 함양군 안에 위치.

앞으로 진격하다가 만일에 뜻대로 되지 않는다면 후회해도 소용이 없을 것이오."

장수와 소속된 여러 무관들이 모두 그렇게 여겼으나 이미 명령을 받고 군사를 동원하였으므로 그냥 돌아갈 수 없다고 하였다. 이보다 먼저 국가에서 노진(奴珍) 등에 여섯 성을 쌓고자 하였으나 그럴 사이가 없었는데, 마침내 그 땅에 성을 쌓고는 돌아왔다.

이에 백제 군사들의 침략이 더욱 급하니 속함·기잠·용책의 3성이 혹은 함락되고 혹은 항복하였다. 눌최는 3성을 굳게 지키다가 5군이 구원하지 않고 돌아갔다는 말을 듣고 강개하여 눈물을 흘리며 군사들에게 말하였다.

"따뜻한 봄의 화창한 기후에는 풀과 나무가 모두 번성하지만 겨울에 가서는 홀로 솔과 잣나무만이 시들지 않는다. 지금 외로운 성에 구원이 없어 날로 더욱 위험하니, 이때야말로 지사·의사가 충절을 다해서 이름을 드날릴 시기이다. 너희는 장차 어떻게 할 것인가?"

사졸들은 눈물을 뿌리면서 말하였다.

"감히 죽음을 아끼지 않고 오직 명령대로 따르겠습니다."

성이 장차 무너지려 하자 군사들이 다 죽고 몇 사람 남지 않았으나, 모두 죽기를 맹세하고 싸우며 구차히 살려는 마음이 없었다. 눌최에게 종 한 명이 있었는데, 힘이 세고 활을 잘 쏘았다. 어떤 사람이 일찍이 말하였다.

"천한 종으로서 특이한 재주가 있으면 해가 되지 않는 것이 드무니, 이 종은 마땅히 멀리 해야 될 것이오."

눌최는 그 말을 듣지 않았는데, 이때에 와서 성이 함락되어 적이 들어오자 좋은 활을 버티고 화살을 재고 눌최의 앞에 서서 한 개도 헛 쏘지 않으니 적이 두려워하여 나아 오지 못하였다. 적군 한 사람이 뒤에서 나와 도끼로써 눌최를 치니 그제야 눌최가 넘어졌다. 좋은 되돌아 서서 적과 싸우다가 함께 전사하였다. 왕이 이 소식을 듣고 매우 슬퍼하였으며 눌최에게 급찬 벼슬을 추증하였다.

설계두

   설계두는 신라 의관의 자손이다. 그는 일찍이 친한 벗 네 사람과 함께 한자리에 모여 술을 마시면서 그 뜻을 말하였는데, 계두는 말하였다.

   "신라에서는 사람을 쓸 적에 골품(骨品)[1]을 논하게 되니, 골품의 계통이 아니면 비록 큰 재주와 뛰어난 공이 있더라도 그 한계를 벗어날 수가 없다. 나는 서쪽으로 중국에 들어가서, 세상에 드문 지략을 떨쳐 비상한 공을 세우고 스스로 영달의 길을 개척하여 잠신[2]과 검패로 천자의 곁에 출입하면 족하다."

   진평왕 건복 38(612)년에 몰래 큰 배를 타고 당나라에 들어갔다. 때마침 태종이 친히 고구려를 정벌하므로 그는 자천하여 좌무위 과의가 되었다. 요동에 이르러 고구려 사람과 주필산 밑에서 싸웠는데, 적진으로 깊이 들어가서 빨리 싸우다가 전사하니

---

1) 신라 때의 계급적 또는 족속적으로 보아 귀족의 선천적으로 높고 낮음을 정한 등급.
2) 관원이 쓰던 비녀와 갓끈. 양반의 별칭.

공이 1등이다. 황제가 이 사람은 어떤 사람인가를 물으니, 좌우가 신라 사람 설계두라고 아뢰었다. 황제는 눈물을 흘리면서 말하였다.

"우리나라 사람들도 오히려 죽음을 두려워하여 요리조리 돌아보고 앞으로 나아가지 않는데, 외국 사람으로서 나를 위하여 죽었으니 무엇으로써 그 공로에 보답하리요."

계두의 종자(從者)에게 물어 그의 평소의 소원을 듣고 어의(御衣)를 벗어 덮어 주고 벼슬을 대장군으로 주고, 예를 갖추어 장사지냈다.

김영윤

김영윤은 신라의 사량 사람으로, 급찬 반굴의 아들이다. 그의 할아버지는 각간[1] 흠춘으로 진평왕 때에 화랑이 되었는데, 인자하고 신의가 두터워 여러 사람의 감복한 바가 되었다. 그가 장성하자 문무왕이 총재[2]로 삼으니 임금을 충성으로 섬기고 백성을 인자하게 대하였으므로 나라 사람들이 그를 어진 재상이라고 일컬었다.

태종왕 7(660)년에 당나라 고종은 대장군 소정방에게 백제를 치게 하니, 흠춘은 왕의 명령을 받들고 장군 유신 등과 함께 정병(精兵) 5만 명을 거느리고 이에 호응하였다. 그해 7월에 황산의 벌에 이르러 백제의 장군 계백을 만나 싸웠으나 이기지 못하였으므로 흠춘은 그 아들 반굴을 불러 말하였다.

1) 신라의 최고 관급. 신라 17관등제와는 별도로 정해진 상대등과 각간이란 최고 관위 중의 하나임.
2) 이조판서의 별칭.

"신하가 되어서는 충성보다 더한 것이 없고, 자식이 되어서는 효도보다 더한 것이 없으니, 나라가 위급함을 보고 목숨을 바치면 충성과 효도 두 가지를 겸한다."

반굴은 '그렇습니다' 하고 적진으로 들어가서 힘을 다하여 싸우다가 죽었다. 영윤은 이 가문에 나서 명예와 절개를 자부하고 있었다. 신문왕 때에 고구려의 잔당인 실복이 보덕성을 근거로 반란을 일으키매 왕이 토벌하도록 명하고 영윤을 황금서당[3]의 보기감[4]으로 삼았다. 영윤은 떠날 적에 다른 사람에게 말하였다.

"내가 이번에 가면 종족과 친구들로 하여금 소문을 듣게 하지는 않을 것이다."

실복은 단잠성 남쪽 7리에 나와서 진을 치고 기다리고 있었다. 어떤 이가 말하였다.

"지금 이 흉악한 무리들은 마치 제비가 불타는 집 장막 위에서 집을 짓고 물고기가 불 때는 솥 안에서 노는 것과 같으므로, 죽을 힘을 다하여 하루의 목숨이라도 목숨을 다투는 것이요. 옛말에 궁지에 빠진 도둑은 추격하지 말라고 하였으니 마땅히 우리가 퇴각하여 적군이 피로가 심해지는 것을 기다려서 친다면 칼에 피를 묻히지 않고도 사로잡을 수 있을 것이오."

여러 장수들이 그 말을 옳게 여겨 잠시 물러갔으나 영윤만은 즐겨하지 않고 싸우려 하였다. 부하들이 말하였다.

"지금 여러 장수들이 어찌 다 생명을 아껴 살기만을 탐하고 죽기를 싫어하는 사람이겠습니까? 그럼에도 아까 말을 옳게 여

---

3) 신라 9서당의 하나. 신문왕 3년에 고구려의 포로 및 투항자로 편성된 군대.
4) 조선 때 사복시에 딸린 종9품의 잡직.

기는 것은 장차 그 틈을 엿봐서 그 편리를 얻으려는 것인데 당신만이 홀로 곧바로 앞으로 나아가려고 하니 그것은 옳지 못한 일이 아니겠습니까?"

영윤은 말하였다.

"싸움에 다다라서 용맹이 없는 것은《예경(禮經)》에서 비방한 바요, 전진만이 있고 퇴각이 없는 것은 장병의 떳떳한 분수인데, 장부가 일에 다다르면 스스로 결정할 것이지 어찌 여러 사람의 의견에 따른단 말이냐?"

드디어 적진에 달려가서 서로 맞부딪쳐 싸우다가 죽었다. 왕은 이 소식을 듣고 슬퍼하여 눈물을 흘리면서 말하였다.

"그 아버지〔반굴〕가 없고는 이 아들이 없을 것이니 그 의열은 칭찬할 만하다."

관작과 상을 더욱 후하게 내렸다.

관 창

관창은 신라 장군 품일의 아들이다. 용모가 아름답고 아담하여 소년 때에 화랑이 되었는데, 남과 잘 사귀었다. 나이 16살에 능히 말을 타고, 활을 잘 쏘므로 대감 모(某)가 태종왕에게 천거하였다. 7(660)년에 왕이 군사를 내어 당나라 장군과 함께 치는데, 관창을 부장(副將)으로 삼았다. 황산 들에 이르러 양편의 군사가 서로 대치하고 있는데, 그의 아버지 품일이 관창에게 말하였다.

"너는 비록 나이 어리지만 의지와 기개가 있으니 오늘은 공명을 세워 부귀를 취할 때이다. 용맹이 없어 되겠느냐?"

관창은 '예' 하고 곧 말에 올라 창을 비껴 들고, 바로 적진으로 쳐들어가서 몇 사람을 즉시 죽였으나, 저편은 군사가 많고 이쪽은 군사가 적었으므로 적에게 사로잡혀 산 채로 백제 원수 계백의 앞으로 끌려갔다. 계백은 그의 투구를 벗겨 보고는 어린 것이 용감함을 귀애하여 차마 죽이지 않고 이에 탄식하였다.

"신라에는 기이한 사람이 많구나. 소년도 이와 같은데 하물며 장사야 말해 무엇하랴."

이에 살려 돌려보냈다. 관창은 말하였다.

"조금 전에 내가 적진 속으로 들어가서 능히 장수를 목 베고 기(旗)[1]를 꺾지 못하였음을 매우 한스러운 일이다. 다시 들어가면 반드시 성공할 것이다."

손으로 우물물을 움켜 마시고는 다시 적진으로 뛰어들어가서 질풍같이 싸웠다. 계백이 사로잡아 목을 베어 말 안장에 달아 보냈다. 품일은 그 머리를 쥐고 소매로 피를 닦으면서 말하였다.

"내 아들의 얼굴이 살아 있는 것과 같구나. 나랏일에 죽었으니 후회가 없으리라."

3군이 이를 보고 크게 감동하고 분발하여 북을 치고 함성을 지르면서 진격하니 백제 군사가 크게 패하였다. 왕이 급찬 벼슬을 내리고는 예를 갖추어 장사 지내고, 그 집에 당견(唐絹) 30필, 시무새 베 30필, 곡식 100석을 부의하였다.

---

1) 헝겊이나 종이 같은 데에 무슨 글자·그림·부호·빛깔 같은 것을 잘 보이도록 그리거나 써서 막대 같은 것에 달아 특정한 뜻을 나타내는 표상으로 쓰는 물건의 총칭.

김흠운

김흠운은 신라 내물왕의 8세손이며, 그 아버지는 잡찬 달복이다. 흠운은 어릴 때 화랑 문노의 문하에서 있었는데, 그때 화랑의 무리들 말이, "아무는 전사하여 지금까지 이름을 남겼다"는 말에 미치자 흠운은 강개하여 눈물을 흘리며 격려되어 그 사람들과 같이 되려는 기색이 있었으므로, 같은 문노 문하의 중 전밀이 말하였다.

"이 사람이 만약 싸움터에 나가면 반드시 돌아오지 않을 것이다."

태종왕 2(655)년에 왕이 백제가 고구려와 더불어 변경을 침범함을 분개하여 백제를 치려고 하였다. 군사를 낼 때에 흠운을 대감 낭당[2]으로 삼았더니, 집에서 자지 않고 비바람을 맞으면서 사졸들과 고락을 같이하였다. 백제 땅에 이르러 양산 밑에

---

2) 신라의 군영. 진평왕 4년, 즉 625년에 처음으로 설치. 문무왕 17년, 즉 677년에 자금 서당으로 개칭했음.

진영을 치고 나아가 조천성을 공격하려고 하는데, 백제 군사가 밤을 이용하여 곧장 달려와 새벽에 성벽을 타고 들어오니 우리 군사는 몹시 놀라서 엎어지고 넘어져서 진정되지 못하였다. 적군이 우리의 혼란한 틈을 타서 급히 공격하니 화살이 빗발처럼 날아 들어왔다. 흠운은 말에 기대어 창을 쥐고 적을 기다렸는데 대사 전지가 달래어 말하였다.

"지금 적이 어두운 속에서 일어나 지척에서도 서로 분별할 수 없으니, 공이 비록 죽더라도 사람들이 아는 이가 없을 것입니다. 하물며 공은 신라의 귀골(貴骨)로 대왕의 사위이니 만약 적의 손에 죽는다면 백제에서는 자랑으로 삼을 것이요, 우리로서는 큰 수치가 될 것입니다."

흠운은 말하였다.

"대장부가 이미 몸을 나라에 바치기로 하였으니, 사람이 내가 죽은 것을 알거나 알지 못하거나 매일반이다. 어찌 감히 명예만을 구하랴."

굳굳이 굳굳이 서서 움직이지 않았으므로, 부하가 말고삐를 잡고 돌아가기를 권하니, 흠운은 칼을 빼어 휘둘러 물리치고 적군에게 달려들어 몇 사람을 죽이고는 죽었다. 이에 대감[1] 예파와 소감 적득도 싸워서 죽었다. 보기당주 보용나가 흠운이 죽었다는 말을 듣고 말하였다.

"그는 혈통이 고귀하고 권세가 영화로와 사람들이 애석히 여기는데도 오히려 절개를 지켜 죽었는데, 하물며 보용나는 살아도 나라에 보탬됨이 없고 죽어도 나라에 손실됨이 없는 사람이

1) 신라 시위부의 무관. 위는 아찬으로부터 내마까지 있고 수는 여섯 명인데, 장군의 다음이요, 대두의 위임.

아닌가?"

　드디어 적진에 들어가서 2, 3명을 죽이고 전사하였다. 대왕이
이 소식을 듣고 슬퍼하여 흠운과 예파에게 일길찬을 내리고 보
용나와 적득에게는 대내마를 내렸다. 이때 사람들이 이 소식을
듣고 양산가(陽山歌)를 지어 이를 슬퍼하였다.

　논(論). 신라 사람들은 인재를 알아낼 수 없음을 근심하여 단
체를 지어 모여 놀게 하여, 그 행실을 잘 관찰한 후에 천거하여
쓰려고 하였다. 마침내 용모가 아름다운 남자를 뽑아 단장하여
꾸며서 화랑이라 명칭하여 받들게 하였더니 무리가 많이 모여
들었다. 혹은 도의로 서로 연마하고 혹은 노래와 음악으로 서로
즐기고, 산수를 유람하여 먼 곳에도 이르지 않는 데가 없었다.
이로 말미암아 그 사람의 사곡(邪曲)함과 정직함을 알아내어 뽑
아서 조정에 천거하였다. 때문에 김대문은, '어진 재상과 충성
스러운 신하가 여기에서 뽑혀 나오고, 훌륭한 장수와 용맹한 군
사가 이에서 생겨 나온다'고 한 말은 이를 이름이다.

　신라 역대의 화랑은 무려 200여 인이나 되었는데, 꽃다운 이
름과 아름다운 사적은 상세함이 그들 전기에 나타남과 같다. 흠
운과 같은 사람 또한 화랑의 무리인데, 나랏일에 능히 목숨을
바쳤으니, 그 이름을 욕되게 하지 않았다 할 수 있다.

열 기

신라 열기는 사전(史傳)에 성이 전하지 않는다. 문무왕 원년
(661)에 당나라 황제가 소정방을 보내 고구려를 정벌하여 평양
성을 포위하였는데, 함자도총관 유덕민이 국왕 문무왕에게 칙
명을 전하여 군수품을 평양으로 보내라고 하였다. 왕은 대각간
김유신에게 영을 내려 쌀 4천 섬과 벼 2만 2천 250섬을 운반시
켰는데, 장새에 이르렀을 때에는 눈보라로 추위가 심해져 사람
과 말이 하나같이 많이 얼어죽었다. 고구려 사람들은 신라 군사
가 피로해진 줄 알고 도중에서 기다리고 있다가 공격하려고 하
니, 당나라 진영에서 떨어지기 3만 여 보에서 앞으로 더 나아갈
수 없게 되었다.

김유신은 편지를 당의 진영으로 보내려고 하였으나 적당한
사람을 얻기가 어려웠다. 이때 열기는 보기감으로서 행군을 보
좌하였는데, 앞으로 나와서 말하였다.

"제가 비록 노둔하오나 사신의 수에 끼이기를 원합니다."

마침내 군사(軍師)[1] 구근 등 15명과 함께 활과 칼을 가지고 말을 달려 갔으나, 고구려 사람이 이들을 바라보고도 길을 막지는 못하였다. 무릇 이틀 만에 소정방에게 편지를 전하니 당나라 사람들은 이 말을 듣고 기뻐서 위로하며, 편지를 회답하였다. 열기가 또 이틀 만에 돌아오니 유신은 그 용맹을 칭찬하여 급찬 벼슬을 주기로 하였다. 근사가 돌아오자 유신은 왕에게 아뢰었다.

"열기와 구근은 천하의 용사입니다. 제가 임시로 제 마음대로 급찬 벼슬을 주기로 허락하였사오나 공로에 알맞지 못하오니 사찬 벼슬을 주시기를 바랍니다."

"사찬 벼슬은 좀 과하지 않겠소?"

하니 유신은 두 번 절하여 말하였다.

"관작은 공기(公器)[2]로서 공로에 보답하는 것인데 어찌 과하다고 하십니까?"

왕이 이를 허락하였다. 유신의 아들 삼광이 정권을 잡았을 때 열기가 가서 군수가 되기를 청하였으나, 허락하지 않으니 열기는 지원사 중 순경에게 말하였다.

"내 공이 크건만 군수 자리를 청해도 되지 않으니, 삼광은 아마 자기 아버지가 죽었다 하여 나를 잊은 것이 아닌가?"

순경이 삼광에게 말하니, 삼광은 열기를 삼년산군 태수를 주었다. 구근은 원정공[3]을 따라 서원술성을 쌓았는데, 원정공이 남의 말을 듣고는 구근이 일에 태만하다고 하여 매질하니 구근

---

1) 신라의 군직.
2) 공중의 물건. 개인의 사유가 아니라는 뜻으로 공공 기관을 일컫는 말.
3) 김유신의 아들.

은 말하였다.

"내 일찍이 열기와 함께 생사를 헤아릴 수 없는 곳으로 들어가서 대각간 김유신의 명령을 욕되게 하지 않았으므로 대각간도 나를 무능하다고 여기지 않고 국사(國士)로서 대우하였는데, 지금 근거 없는 말을 듣고 나를 죄 주니 평생의 치욕이 이보다 큰 것은 없소."

원정이 이 말을 듣고 한평생 부끄럽게 여기고 후회하였다.

비녕자

신라 비녕자는 그의 출신 고을과 성은 알수 없다. 진덕왕 원년, 즉 647년에 백제에서 많은 군사들이 와서 무산·감물·동잠 등의 성을 공격하자 김유신이 보병과 기병 1만 명을 거느리고 가서 이를 막았다. 백제 군사가 심히 강하였으므로, 신라 군사는 고된 싸움을 하였으나 능히 이기지 못하고 군사들의 기운은 움츠러들고 힘은 빠졌다. 유신은 비녕자가 힘을 다하여 싸워 적진으로 깊이 들어가려는 뜻이 있음을 알고 그를 불러 말하였다.

"겨울이 되어야만 솔과 잣나무가 시들지 않는 것을 알게 되는 것인데, 오늘의 사세(事勢)는 위급하다. 그대가 아니면 누가 능히 기운을 떨쳐 기특한 일을 하여 여러 사람의 마음을 격려할 수 있겠는가?"

함께 술을 마시며 은근한 뜻을 보이니 비녕자가 두 번 절하며 말하였다.

"지금 여러 사람이 모인 자리에서 유독 일을 제게 부탁하시니 지기(知己)[1]라 할 수 있습니다. 마땅히 죽음으로써 보답하겠습니다."

나와서 중 합절에게 말하였다.

"나는 오늘 위로는 나라를 위하고, 아래로는 지기를 위해 죽을 것이다. 내 아들 거진은 비록 나이는 어리나 장한 뜻이 있으므로, 반드시 나와 함께 죽으려 할 것이다. 만약 아버지와 아들이 한꺼번에 죽는다면 집 사람들은 장차 누구에게 의지하겠느냐? 너는 거진과 함께 내 유골을 잘 거두어 돌아가서 어머니의 마음을 위로하라."

말을 마치자 곧 말을 채찍질하여 창을 비껴 들고 적진으로 뛰어들어가서 몇 사람을 쳐죽이고 전사하였다.

거진이 바라보고 달려가려 하니 합절이 말하였다.

"대인(大人)께서 합절에게 낭군〔아군〕을 모시고 집으로 돌아가서 어머님을 안위해 드리라고 말씀하셨는데, 지금 낭군님께서 아버지의 명령을 저버리고 어머니의 자정(慈情)을 버리신다면 효도라고 할 수 있겠습니까?"

말고삐를 잡고 놓지 않으니 거진이 말하였다.

"아버지의 죽음을 보고 구차히 살아 남는 것이 어찌 이른바 효도이냐?"

곧 칼을 빼어 합절의 팔을 쳐서 떨어뜨리고는 속으로 달려 들어가서 싸우다가 죽었다.

합절이 말하였다.

---

1) 서로 마음이 통하는 벗. 지기지우.

"내 주인이 돌아갔으니, 내가 죽지 않고 무엇을 바라리."

또한 적과 싸워 죽었다. 군사들은 세 사람의 죽음을 보고 감격하여, 서로 다투어 진격하니, 향하는 곳마다 적의 기세를 꺾고 적진을 함락시켜 적군을 크게 패배시켜 머리 3천 여 개를 베었다. 유신은 세 사람의 시체를 거두어 자기 옷을 벗어 덮어 주고 심히 슬퍼 울었다. 진덕왕은 이 소식을 듣고 눈물을 흘렸으며 예를 갖추어 반지산에 시체를 합해서 장사지내도록 하고, 그 처자와 9족에게도 상을 더욱 후하게 내렸다.

죽 죽

죽죽은 신라 대야주[1] 사람이다. 그의 아버지 혁열은 찬간[2]이 되었다. 죽죽은 선덕왕 때에 사지[3]가 되어 대야성 도독 김품석의 휘하에서 보좌하였다.

선덕왕 2(642)년 8월에 백제의 장군 윤충이 군사를 거느리고 와서 공격하였다. 이보다 먼저 도독 품석이 막객(幕客)[4] 사지 금일의 아내가 얼굴이 아름다움을 보고 이를 빼앗았으므로 금일이 원한을 품고 있었는데, 이때에 와서 백제와 내응(內應)하여 그 창고를 불태웠다. 때문에 성안에서는 크게 두려워하여 성을 굳게 지킬 수 없게 되었다. 품석의 부관 아찬 서천이 성 위에 올라가서 윤충에게 말하였다.

---

1) 지금의 합천. 삼국 시대 백제와의 접경 지대인 신라 서부 지방의 요지.
2) 선간. 신라 때 외위의 한 벼슬. 십등 가운데 다섯 번째로, 경위의 내마에 준함.
3) 신라 17관등의 13번째 관등.
4) 감사 · 유수 · 병사 · 수사 · 견외사신 들에게 따라다니는 관원의 하나.

"만약 장군이 우리를 죽이지 않는다면 성(城)으로써 항복하겠습니다."

윤충은 말하였다.

"만약 그와 같이 한다면 밝은 해가 내려다볼 것입니다."

서천이 품석과 여러 장수와 군사들에게 권해서 성 밖으로 나오려 하니 죽죽이 이를 말리며 말하였다.

"백제는 이랬다 저랬다 하는 나라이므로 믿을 수가 없는데, 윤충의 말은 달콤하니 반드시 우리를 꾀려는 것입니다. 만약 성 밖으로 나간다면 반드시 적에게 사로잡힐 것이니, 쥐처럼 엎디어 살기보다는 범처럼 싸워서 죽는 것만 같지 못합니다."

품석이 이 말을 듣지 않고 성문을 열어 사졸이 먼저 나가니, 백제에서는 복병을 내어 이를 모조리 죽여 버렸다. 품석은 나가려 하다가 장수와 군사가 죽었다는 말을 듣고 먼저 아내와 자식을 죽이고 스스로 목을 찔러 죽었다. 죽죽은 남은 군사를 거두어 성문을 닫고 스스로 적을 막았다. 사지 용석이 죽죽에게 말하였다.

"지금 사세가 이와 같으니, 결코 성을 보전하지 못할 것이니 살아 항복하여 뒷날의 공을 세우는 것만 같지 못하다."

죽죽은 대답하였다.

"그대의 말은 당연하다. 그러나 내 아버지가 내 이름을 죽죽(竹竹)이라 한 것은 나로 하여금 추운 겨울에도 시들지 말고, 꺾일 수는 있어도 굽히지 말라 한 것이니, 어찌 죽음을 두려워하여 살아 항복할 수 있는가?"

드디어 힘을 다하여 싸워 성이 함락되자 용석과 함께 죽었다. 왕이 듣고 슬퍼하여 죽죽에게는 급찬 벼슬을 내리고, 그 처자에게는 상을 내려 서울로 옮겨 살게 하였다.

필 부

　필부는 신라 사량 사람이며, 그의 아버지는 아찬 존대이다. 태종왕 2년에 백제와 말갈이 서로 의지하고 돕는 사이가 되어 함께 신라를 침범하여 약탈하려고 하였으므로 충성스럽고 용감하고 재주가 능히 변경을 지킬 만한 사람을 구하였는데, 여기서 뽑힌 필부를 칠중성의 현령[1]으로 삼았다.

　그 다음해(660) 7월에 왕이 당나라 군사와 함께 백제를 멸하였다. 고구려가 우리를 미워하여 10월에 군사를 일으켜 와서 칠중성을 포위하였다. 필부는 성을 지키기로 하고 싸우기로 한 지 20여 일 만에, 적의 장수는 우리의 사졸들이 정성을 다하여 싸워 뒤를 돌아보지 않는 것을 보고는 성을 창졸히 함락시킬 수 없다고 여겨 문득 군사를 이끌고 돌아가려고 하였는데, 역신(逆臣) 대내마 비삽이 은밀히 사람을 보내 적에게 알렸다.

---

1) 현에 두었던 지방 장관. 우리나라에서는 신라 때에 대소의 구별없이 현령이라 하여 201명을 두었는데, 위계는 선저지로부터 사찬까지임.

"성안에는 양식이 떨어지고 힘이 다 되었으니, 만약 공격한다면 반드시 항복할 것이다."

적은 드디어 다시 싸움을 걸어 왔다. 필부는 이 사실을 알고 칼을 빼어 비삽의 머리를 베어 성 밖으로 내던지고 군사들에게 고하였다.

"충신과 의사는 죽어도 굴복하지는 않으니, 힘써 싸울 것이다. 성이 보존되고 함락되는 것은 이 한 번 싸움에 달려 있다."

이에 주먹을 휘두르며 한 번 외치니 병든 사람까지도 모두 일어나 다투어 성으로 올랐으나, 군사들이 기운이 피로해져 죽고 상한 사람이 반수 이상이나 되었다. 적이 바람을 이용하여 불을 지르고 성을 공격하여 뛰어들어 왔다.

필부는 상간[1]인 본숙 · 모지 · 미제 등과 함께 적을 향하여 마주보고 활을 쏘았으나 적의 화살이 빗발같이 날아와서 몸이 뚫리고 부서지고 피가 발꿈치까지 흘러내려 이에 넘어져 죽었다. 대왕이 이 소식을 듣고 매우 슬퍼 울었으며, 필부에게 급찬 벼슬을 추증하였다.

---

1) 신라의 지방 관직. 대사에 해당했음.

계 백

계백은 백제 사람이다. 벼슬이 달솔[2]에 이르렀다. 의자왕 20(660)년에 당나라 고종이 소정방을 신구도 대총관으로 삼아 군사를 거느리고 바다를 건너가 신하와 함께 백제를 쳤다. 계백이 장군이 되어 장사 결사대 5천 명을 뽑아서 방어하면서 말하였다.

"한 나라의 사람으로 당나라와 신라의 많은 군사를 당해 내게 되었으니 나라가 보존될지 멸망할지 알 수 없다. 내 처자가 잡혀가서 노비가 될까 염려되니, 살아서 욕보는 것보다는 죽는 것이 통쾌하다."

드디어 처자를 다 죽이고는 황산 들에 이르러 3진영을 설치하고 신라 군사를 만나 싸우려고 할 적에 군사들에게 맹세하였다.

---

2) 백제의 16등 관계 중 제2위의 관직. 《후주서》에 의하면 달솔은 30명으로 제1품관인 좌평 아래임.

"옛부터 구천[1]은 5천 명의 군사로써 오나라 70만 군사를 쳐부수었으니, 오늘날 마땅히 각기 분발하여 최후의 결승으로 나라의 은혜를 갚자."

드디어 죽기로 싸웠으므로 한 사람이 천 사람을 당해 내지 않는 이가 없었으니 신라 군사가 물러갔다. 이와 같이 서로 전진하였다가 퇴각하였다가 하기를 네 번이나 하다가 계백이 힘이 다해 죽었다.

---

1) 중국 춘추 시대 월나라 2대 왕. 기원전 494년에 왕 부차에게 대패하고 그 후 와신상담하여 기원전 473년 부차를 죽이고 오나라를 멸해 치욕을 씻음.

향 덕

향덕은 신라 웅천주 판적향 사람이다. 그의 아버지의 이름은 선이요, 자는 번길인데, 타고난 기질이 온화하고 선량하여 향리에서 그 행실을 칭찬하였다. 어머니는 그 이름이 전하지 않는다.

향덕은 또한 효성이 있어 부모를 잘 섬김으로써 당시 사람의 칭찬을 받았다. 경덕왕 14(755)년에 흉년이 들어 백성들이 굶주리고 역질(疫疾)[2]까지 겹쳤는데, 그 부모가 주리고 병들었으며, 어머니는 또 모진 종기까지 나서 모두 거의 죽게 되었다. 향덕도 밤낮으로 옷을 벗지 않고 정성을 다하여 안위하였으나 봉양할 길이 없어서 이에 자기의 넙적다리의 살을 베어서 그 부모에게 먹이고, 어머니의 모진 종기를 입으로 빨아 모두 살아났다.

고을 관원이 주(州)에 보고하고, 주에서는 왕에게 보고하니,

---

2) 천연두.

왕이 벼 300석, 가택 1구(區), 구분전(口分田)[1] 얼마를 내려 주
고, 유사에게 명하여 돌을 세워 이 사실을 기록해서 효행을 표
창하게 하였다. 지금에 이르기까지 그곳을 효가리(孝家里)라고
부른다.

---

1) 자손이 없이 죽은 관원의 아내와 부모구망(父母俱亡)한 출가 전의 딸이나 또는 전장에
   나가서 자손이 없이 죽은 군인의 아내에게 등분을 따라 주던 논밭.

성 각

성각은 신라 청주 사람이다. 사전(史傳)에 그 씨족은 전하지 않는다. 그는 세상의 명예와 벼슬을 좋아하지 않았으며, 스스로 거사(居士)²⁾라 이름하여 일리현의 법정사에 의지해 있다가 후에 집에 돌아와서 어머니를 봉양하였는데, 어머니가 노쇠하여 병이 들어 채소 반찬의 음식이 먹기 어려웠으므로 다리 살을 베어서 어머니를 먹였다. 후에 어머니가 죽으니 지성으로 불사(佛事)로써 명복을 빌었다.

대신 각간 경신과 이찬 주원 등이 이 사실을 국왕에게 알리니 왕은 웅천주 향덕의 옛 예에 의거하여 그 가까운 고을의 벼 300석을 상으로 주었다.

논(論). 송기의 《당서(唐書)》에 이런 말이 있다. '참으로 정당하다. 한유의 평론이여, 그 평론에 부모가 병들면 약을 달여 드

---

2) 출가하지 않은 속인으로서 불교의 법명을 가진 사람.

림은 효도가 되지만 팔다리와 몸에 상처를 냈다는 말은 듣지 못
하였다. 진실로 이것이 의리를 해치지 않는 일이라면 성현이 누
구보다도 먼저 이 일을 하였을 것이다. 불행히도 이로 말미암아
자식이 또한 죽게 된다면 몸에 상처를 내서 후사를 끊어지게 한
죄를 지게 될 것이니 어찌 정문(旌門)[1]을 세워 이를 표창하겠는
가? 비록 그러나 궁벽한 시골에서 학술과 예의를 알지 못하는
데도 능히 제 몸을 잊고 그 어버이를 위한 것은 성실에서 우러
나왔으니, 또한 칭찬할 만한 것이 있으므로 역사에 기록한다'
고 하였으니 향덕과 같은 이 또한 역사에는 기록할 만한 사람이
다.

---

1) 충신·효자·열녀 등을 표창하고자 그의 문 앞에 세우던 붉은 문.

실 혜

　신라의 실혜는 대사 순덕의 아이이다. 성품이 강직하여 의리에 어긋난 일로써 그를 굽힐 수는 없었다. 진평왕 때에 상사인이 되었는데, 이때 하사인 진제는 그 사람된 품이 구변이 좋고 아첨을 잘 하였으므로 왕에게 사랑을 받았다. 진제는 비록 실혜와 동료가 되었지만 일에 임해서는 서로 시비를 하였는데, 실혜는 정도를 지키고 구차스럽게 대하지 않았으므로 진제가 미워하여 원한을 품고 여러 번 왕에게 참소해서 말하였다.

　"실혜는 지혜는 없으면서 담기(膽氣)가 억세고 기쁨과 성냄이 빨라서 비록 대왕의 말일지라도 그 뜻에 맞지 않으면 분개하여 참지 못하니, 만약 이를 징계하지 않으면 장차 난을 일으킬 것입니다. 어찌 내쫓지 않습니까? 그가 굴복함을 기다려 후에 쓰더라도 늦지 않을 것입니다."

　왕이 그렇게 여겨 실혜를 냉림으로 내보냈다. 어떤 이가 실혜에게 말하였다.

"그대는 할아버지 때부터 충성과 공평한 재간으로써 세상에 알려졌는데, 지금 아첨하는 신하의 참소를 당하여 멀리 죽령 밖의 궁벽한 땅으로 귀양살이를 하게 되었으니 어찌 원통하지 않는가?"

실혜는 대답하였다.

"옛날에 굴원[1]은 유달리 정직하였으나 초나라에서 내쫓겼고, 이사는 충성을 다하였으나 진(秦)나라에서 극형을 당하였네. 때문에 아첨한 신하가 임금을 미혹시키고 충성스러운 선비가 내쫓김을 당함은 옛날에도 그러하였는데, 어찌 슬퍼할 것인가."

드디어 말하지 않고 떠나가서 장가(長歌)를 지어 뜻을 나타냈다.

---

1) 중국 전국 시대 초나라의 시인. 회왕 · 경양왕을 섬겨서 벼슬을 했고, 모략에 빠져 한때 방랑 생활을 하다가 멱라수에 빠져 죽었음.

물계자

　물계자는 신라 내해왕 때 사람이다. 문벌은 높지 못하였으며 사람됨이 활달하여 소년 때부터 장한 뜻이 있었다. 이때 포상(浦上)의 여덟 나라가 함께 모의하여 아라국을 치니, 아라국에서 사신을 보내 와 신라에게 구원을 청하였다. 왕이 왕손 날음에게 가까운 고을과 육부(六部)의 군사를 거느리고 가서 구원하게 하였는데, 드디어 여덟 나라 군사를 패배시켰다. 이 전쟁에 물계자가 큰 공이 있었는데, 왕손에게 미움을 당하였으므로 그 공이 기록되지 않았다. 어떤 이는 물계자에게 말하였다.

　“그대의 공이 가장 컸음에도 상을 받지 못하니 원망하는가?”

　“어찌 원망하랴.”

　“어찌 왕에게 알리지 않는가?”

　물계자는 말하였다.

　“공을 자랑하고 이름을 구하는 일은 지사(志士)는 하지 않는다. 다만 뜻을 가다듬어 뒷날의 기회를 기다릴 뿐이다.”

그 후 3년 만에 골포·칠포·고사포 세 나라 사람들이 와서 갈화성을 공격하였으므로 왕이 군사를 거느리고 나와서 구원하고 세 나라 군사를 크게 패배시켰다. 이 싸움에 물계자가 적군 수십 명을 목베고 사로잡았는데, 공을 논할 적에는 또 얻은 것이 없었다. 이에 그 아내에게 말하였다.

"일찍이 듣건대, 신하된 도리는 위태함을 보고는 목숨을 바치고, 환란을 당해서는 몸을 잊어버린다고 하였는데, 전일의 포상·갈화의 전쟁은 위태함과 환란이라고 할 수 있는데도 목숨을 바치고 몸을 잊어버렸다는 이름이 남에게 알려지지 않았으니, 장차 무슨 면목으로 사람이 많이 모이는 곳에 나가겠는가?"

마침내 머리를 풀어 헤치고 거문고를 메고 사체산에 들어가서 돌아오지 않았다.

백결 선생

신라의 백결 선생은 어떤 사람인지 알 수 없다. 그는 낭산[1] 밑에 살았는데, 집이 아주 가난하여 옷을 100군데나 기워 메추리가 달린 것 같았으므로, 이때 사람들이 그를 동리(東里) 백결 선생이라고 불렀다. 일찍이 영계기[2]의 사람됨을 사모하여 거문고를 가지고 다니면서 무릇 기쁘고 성내고 슬프고 즐겁고 불평스러운 일을 모두 거문고로써 나타냈다. 어느 해 섣달 그믐에 이웃집에서 곡식을 찧으니, 아내는 이 방아 찧는 소리를 듣고 말하였다.

"사람들은 모두 곡식이 있어 방아를 찧는데 우리만 홀로 없어서 찧지 못하니 어떻게 이 해를 지내겠습니까?"

---

1) 전라남도 영암의 옛 이름.
2) 중국 춘추 때 사람. '즐거워하는 까닭은 무엇이냐'는 공자의 물음에 '만물 중의 사람〔人〕을, 남존여비인데 이미 남자가 되었으니, 90이 되도록 오래 산 것〔壽〕이 즐겁다'고 답한 고사의 인물임.

선생은 하늘을 쳐다보고 탄식하였다.

"대저 죽고 삶은 명에 달려 있고 부하고 귀한 것은 하늘에 있으므로, 오는 것은 막을 수 없고 가는 것은 쫓을 수 없는데, 그대는 무엇을 근심하는가? 내가 그대를 위해서 방아 찧는 소리를 내어 위로하겠소."

이에 거문고를 타서 방아 찧는 소리를 냈는데, 세상에서 이것을 전하여 이름을 대악[1]이라고 한다.

---

1) 신라 자비왕 때 백결 선생이 지었다고 하는 노래. 방아 음악이라고도 하지만 지금은 전하지 않음.

검 군

신라 검군은 대사 구문의 아들이다. 사량궁 사인[2]이 되었다. 진평왕 건복 44(627)년 8월에 서리가 내려 곡식이 죽었으므로 그 이듬해 봄과 여름에 크게 굶주려 백성들이 자식을 팔아먹고 살았다.

이때 궁중의 여러 사인이 함께 모의하여 창예창의 곡식을 도둑질하여 이를 나누어 가졌는데, 검군이 홀로 이를 받지 않으니 여러 사인이 말하였다.

"여러 사람들은 다 받는데 그대만 홀로 이를 물리치니 무슨 까닭인가? 만약 적다고 싫어한다면 다시 더 주겠네."

검군이 웃으며 말하였다.

"나는 근랑(近郎)의 화랑도에 이름을 두고 풍월주 밑에서 행실을 닦았으므로 진실로 의리에 어긋나면 비록 천금의 이익이

---

2) 신라 벼슬의 대사와 사지의 총칭.

있더라도 마음을 움직이지 않는다.”

그때 이찬 대일의 아들이 화랑이 되어 근랑이라 부르고 있었으므로 이렇게 말한 것이다. 검군이 나가 근랑의 집 문에 이르니 사인들이 은밀히 의논하여 이 사람을 죽이지 않으면 반드시 사실이 누설될 것이라 하여 드디어 검군을 불렀다. 검군은 그들이 자기를 죽이려는 것을 알고 근랑에게 작별하여 말하였다.

“오늘 후에는 다시 서로 볼 수 없을 것입니다.”

근랑이 그 까닭을 물으니 검군은 말하지 않았다. 두 번 세 번 물으니 그제야 그 이유를 대강 말하였다. 근랑은 말하였다.

“어찌 관원에게 그 사실을 말하지 않는가?”

검군은 말하였다.

“내 죽음을 두려워하여 여러 사람에게 죄를 받게 하는 것은 인정상 차마 할 수 없는 일입니다.”

“그렇다면 어찌 도망가지 않는가?”

“그들은 그르고 나는 옳은데 내가 도망간다면 장부가 아닙니다.”

드디어 갔다. 여러 사인들은 술자리를 베풀고 사과하는 체하면서 은밀히 독약을 음식에 넣었다. 검군은 그것을 알면서도 억지로 먹고 죽었다. 군자는 평하였다. 검군은 죽을 곳이 아닌데 죽었으니, 태산 같은 중한 목숨을 홍모(鴻毛)[1]처럼 가볍게 여긴 것이라 할 수 있다.

---

1) 기러기의 털. 극히 가벼운 사물의 비유.

김 생

　신라 김생은 그 부모가 비천하였으며 그 집안의 계통을 알 수
없다. 성덕왕 2(72)년에 나서 어려서부터 글씨를 잘 썼다. 한평
생에 다른 기예(技藝)는 공부하지 않았고, 나이 80살이 넘도록
붓을 들고 글쓰기를 쉬지 않았다. 홍모(鴻毛) 예서[2] · 행서[3] ·
초서[4]가 모두 신묘한 지경에 들어갔다. 지금도 간혹 그의 진짜
필적이 남아 있는데, 학자들이 이를 전하여 보배로 여긴다. 송
나라 숭녕 연간(202~206)에 학사 홍관 진봉사를 따라 송나라에
들어가서 변경의 객관에서 묵고 있었는데, 이때 한림대조 양구
와 이혁이 황제의 조칙을 받들고 객관에 이르러 족자에 글씨를

---

2) 한자 서체의 하나. 노예, 즉 천역자에게도 이해하기 쉽도록 한 굴이라는 뜻으로 진(秦)
　나라 운양의 옥리인 정막이 전서(篆書)의 번잡함을 생략해서 만들었음.
3) 한자 서체의 하나. 해서와 초서의 중간이 되는 것으로 해서의 획을 약간 흘린 것. 중국
　후한의 유승덕이 쓰기 시작했다고 함.
4) 서체의 하나. 전례를 간략하게 한 것으로, 흔히 행서를 더 풀어 점획을 줄여 흘려 쓴 글
　씨임.

청하니, 홍관이 김생의 행서·초서 한 권을 그들에게 보였다.
두 사람이 크게 놀라면서 말하였다.

"오늘 왕우군[1]의 진적(眞蹟)을 얻어 볼 줄은 생각하지도 않
았는데."

홍관은 말하였다.

"아니오, 이것은 신라 사람 김생이 쓴 글씨요."

두 사람은 웃으면서 말하였다.

"천하에 왕우군을 제외하고는 어찌 이와 같이 신묘한 글씨가
있겠소?"

홍관이 여러 번 말해도 믿지 않았다. 요극일이라는 사람도 벼
슬이 시중 겸 시서학사에 이르렀는데, 필력이 힘이 있어 구양
솔경[2]의 법을 얻었다. 비록 김생에게는 따르지 못하였으나 또
한 기품(奇品)이었다.

---

1) 왕희지. 중국 진대의 서가. 자는 일소. 해서·행서·초서의 세 가지 체를 전아하고 웅경
하게 귀족적인 서체로 완성했음.
2) 구양순. 당나라의 서가. 자는 신본. 글씨를 왕희지에게 배워 해서의 모범이 되었음.

솔 거

  솔거는 신라 사람이다. 그 출신이 미천한 까닭으로 그 집안의
계통은 기록되지 않았다. 그는 나면서부터 그림을 잘 그렸다.
일찍이 황룡사 벽에 늙은 소나무를 그렸는데, 나무 몸뚱이에 껍
질이 주름지고 가지와 잎이 꼬불꼬불하였다. 까마귀 · 솔개 · 제
비 · 참새가 가끔 바라보고 날아 들어와서는 헛디뎌 땅에 떨어
지기도 하였다. 세월이 오래 되어 색체가 낡아졌으므로 절의 중
이 단청³⁾으로 칠을 하였더니 새들이 다시 날아들지 않았다.
  또 경주 분황사의 관음보살상과 진주 단속사의 유마상(維摩
像)도 모두 그의 필적이었는데, 세상에 전해져 신화(神畵)라고
한다.

---

  3) 벽 · 기둥 · 천장에 여러 가지 빛깔로 그림과 무늬를 그림.

168

효녀 지은

　효녀 지은은 신라 한기부의 백성 연권의 딸이다. 성품이 지극히 효성스러웠다. 어려서 아버지를 여의고 홀로 어머니만 봉양하였는데, 나이 30살이 되어도 시집을 가지 않았다. 조석으로 어머니를 살펴 그 곁을 떠나지 않았으나, 봉양할 길이 없어 혹은 품팔이를 하였고, 혹은 남에게 빌어서 밥을 얻어다가 어머니를 먹였다. 세월이 오래 되매 피곤함을 견디지 못하여, 부잣집에 가서 자청하여 몸을 팔아 여종이 되고 그 댓가로 쌀 15여 섬을 얻기로 하였는데, 종일토록 그 집에서 일을 하고 날이 저물면 밥을 지어 자기 집에 돌아와서 어머니를 봉양하였다. 이와 같이 하기가 3, 4일이 되자 그의 어머니는 딸에게 말하였다.
　"지난번에는 음식은 거칠어도 맛이 있었는데, 지금은 음식은 비록 좋으나 맛은 그 전만 같지 못하고, 속을 칼로 찌르는 것과 같으니 이는 무슨 까닭인가?"

딸이 사실대로 고하니 어머니는 말하였다.

"나 때문에 너를 종이 되게 하였으니, 내가 빨리 죽는 것만 같지 못하다."

이에 목을 놓아 크게 통곡하고 딸 또한 통곡하니, 애절함이 길 가는 사람들을 감동되게 하였다. 이때 효종랑[1]이 나와 놀다가 이 광경을 보고 집으로 돌아와서 부모에게 청하여 집에 있는 곡식 100섬과 의복을 보내 주고, 또 지은을 산 주인에게 몸값을 갚아 주고 양민이 되게 하니, 효종랑의 무리 몇 천 명도 각기 곡식 1섬씩을 내어 지은에게 주었다.

진성왕이 듣고 또한 벼 500섬과 집 1구(區)를 주고 조세와 부역을 면제해 주었으며, 곡식이 많기 때문에 도둑질하는 자가 있을까 염려하여 관원에게 명하여 군사를 보내 당번으로 지키게 하고, 그 사는 마을을 표창하여 효양방(孝養坊)이라 하였다. 이내 당나라에 글을 올려 당나라의 덕화(德化)로 효녀가 태어났다고 칭송하였다.

효종랑은 이때 제3재상인 서발한 인경의 아들이었는데, 어릴 때 이름은 화달이었다. 왕은 그가 비록 나이는 어리지만 노성(老成)한 덕이 있다 하여, 왕의 형인 헌강왕의 딸을 그 아내로 삼게 하였다.

---

1) 신라 효공왕 때의 화랑.

설씨녀

설씨녀는 신라 율리 민가의 여자이다.

비록 한미한 가문, 고단한 집안이었으나 안색이 단정하고 행실이 닦여졌으므로 보는 사람마다 모두 부러워하고 사모하고 감히 범하지 못하였다. 진평왕 때에 그 아버지는 나이가 많았는데도 정곡(正谷)에 적을 방어하는 당번이 되었다. 여(女)는 아버지가 늙고 병든 때문에 차마 멀리 떠나 보낼 수 없었으며, 또 여자의 몸이어서 아버지를 모시고 갈 수도 없었으므로 다만 스스로 근심 속에 싸여 있었다.

사량부의 소년 가실은 비록 가난하고 천하였으나 정신을 수양한 곧은 사내였다. 일찍부터 설씨를 좋아하였으나 감히 말을 내지 못하고 있었는데, 설씨가 그의 아버지가 노인으로서 종군하게 됨을 근심하고 있다는 것을 듣고 드디어 설씨에게 자청하여 말하였다.

"나는 비록 나약한 사내지만 일찍이 뜻과 기개로써 자부하고 있으니, 원컨대 불초한 몸으로써 그대 아버님의 병역을 대신하겠소."

설씨는 매우 기뻐하여 들어가서 아버지에게 고하니, 아버지는 그를 보고 말하였다.

"듣건대 그대가 이 늙은 사람이 가는 일을 대신하고자 한다하니 기쁘고 송구스러운 마음을 금할 수 없어 보답할 바를 생각한다오. 만약 그대가 누추하다고 해서 버리지 않는다면, 원컨대어린 딸을 아내로 삼아 주리라."

가실이 두 번 절하며 말하였다.

"감히 바랄 수는 없지만 그것이 소원입니다."

이에 가실은 물러나와 혼인할 기일을 청하니 설씨는 말하였다.

"혼인은 사람의 큰 행사이니 창졸히 행할 수 없습니다. 첩이이미 마음으로 허락하였으니 죽어도 변하지 않을 것입니다. 부디 당신이 방어하는 곳으로 갔다가 교대되어 돌아온 후에 날을가려 혼례를 함이 늦지 않을 것입니다."

이로써 거울을 꺼내 절반으로 나누고 각각 한 조각씩 가져 신표[1]로 삼아 뒷날에 합치기로 하였다. 가실에게는 말이 한 필이있었는데, 설씨에게 말하였다.

"이는 천하에 드문 좋은 말이니, 후에 반드시 쓸 데가 있을것이오, 지금 나는 걸어서 가게 되니 이를 기를 사람이 없소.이를 남겨 두어 뒷날에 쓰게 하도록 바라오."

드디어 작별하고 떠났다. 마침 국가에서 사고가 있어 다른 사

---

1) 뒷날에 보고 서로 표가 되게 하기 위하여 주고 받는 물건.

람을 보내 교대시키지 않았으므로 가실은 6년 동안이나 오래 머물고 돌아오지 못하였다. 아버지는 딸에게 말하였다.

"처음에 3년으로 기약하였는데 지금 이미 그 기간이 지났으니 다른 데로 시집을 가라."

설씨는 말하였다.

"전에 아버지를 편안히 하려고 한 까닭으로 억지로 가실과 약혼하였더니, 가실은 믿은 때문에 종군하여 여러 해 동안 굶주림과 추위에 고생하고 있습니다. 더구나 적의 국경 가까이에 가서 손에 무기를 놓지 않고 호랑이의 입에 가까이 있으므로 항상 물릴까 염려되는 처지에 있는데 신의를 버리고 언약을 실행하지 않는다면 어찌 사람의 정리이겠습니까? 끝내 아버지의 명령은 좇지 못하겠사오니 다시는 말씀하지 마십시오."

그의 아버지는 늙어 망령이 나서 정신이 어두워졌는데, 그 딸이 장성한데도 배필을 가지지 못하였으므로 강제로 시집보내려고 하여 몰래 마을 사람과 혼인하기를 정하고, 이미 날을 택하여 그 사람을 불러들이기로 하였다. 설씨는 굳이 거절하고 몰래 도망가려고 하였으나 뜻대로 되지 않았으므로 외양간에 가서 가실이 남겨 두고 간 말을 보고 한숨을 쉬며 눈물을 흘리었다.

이때 가실이 왔는데, 용모가 수척하고 옷이 남루하였으므로 집안 사람들은 그를 알아보지 못하고 딴 사람이라고 말하였다. 가실은 바로 앞으로 나와서 깨진 거울을 던지니 설씨는 이 거울을 받아들고 소리내어 울었으며 그 아버지와 집안 사람들도 심히 기뻐하였다. 드디어 날을 가려 서로 만나 그와 더불어 일생을 함께 늙었다.

도 미

도미는 백제 사람이다. 비록 민간의 미천한 백성이나 자못 의리를 알았으며, 그의 아내는 용모가 아름답고 절개와 행실이 있어 이때 사람들의 칭찬을 받았다. 개루왕이 이 말을 듣고 도미를 불러와서 그에게 말하였다.

"무릇 부인의 덕은 비록 절개가 굳고 결백한 것으로 제일로 삼지만, 만약 어둡고 사람이 없는 곳에서 교묘하게 꾸며대는 말로써 꾄다면 마음이 움직이지 않는 사람이 적을 것이다."

도미는 대답하였다.

"사람의 마음은 헤아릴 수 없지만 제 아내만은 비록 죽는 한이 있더라도 두 마음을 가지지 않는 사람입니다."

왕은 이를 시행하고자 하여 도미를 어떠한 일로써 머물러 두고 한 근신(近臣)을 시켜 왕의 의복을 입히고 말을 태워서 밤에 도미의 집에 가게 하였다. 사람을 시켜 먼저 왕이 왔다고 알리고는 도미의 부인에게 말하였다.

"내가 오래 전부터 네가 아름답다는 말을 들었는데, 도미와 내기를 하여 너를 얻게 되었다. 내일 너를 맞아들여 후궁으로 삼으리니 이후부터는 네 몸은 내 것이다."

드디어 범하려고 하므로 부인이 말하였다.

"국왕께서는 거짓말이 없을 것이오니, 제가 어찌 감히 순종하지 않겠습니까? 청하옵건대 대왕께서 먼저 방으로 들어가십시오. 저는 옷을 갈아입고 들어가겠습니다."

물러나와서 한 계집종을 단장시켜 그를 모시게 하였다. 개루왕은 후에 속인 것을 알고 크게 노하여 도미에게 없는 죄를 씌워서 그의 두 눈동자를 빼고 사람을 시켜 끌어내어 작은 배에 태워서 강 위에 띄워 보냈다. 그리고는 마침내 도미의 부인을 끌어들여 강제로 음란하려 하니, 부인은 말하였다.

"지금 남편은 이미 없어졌으니, 홀몸으로 능히 스스로 살지 못합니다. 하물며 왕을 모시게 되었는데 어찌 감히 명령을 어기겠습니까? 지금은 월경(月經)으로 온몸이 더러워져 있으니 다른 날에 깨끗이 목욕을 한 후에 오겠습니다."

왕은 믿고 허락하였다. 부인은 곧 도망하여 강 어귀에 이르렀으나 건너지 못해서 하늘을 부르며 통곡하니, 갑자기 외로운 배가 물결을 따라 이르렀다. 이를 타고 천성도에 이르러 그 남편을 만났는데, 아직 죽지 않고 살아 있었으므로 풀뿌리를 캐어 먹었다. 드디어 함께 배를 타고 고구려의 산산 밑에 이르니, 고구려 사람들이 불쌍히 여겨 옷과 밥을 주어 드디어 목숨을 붙여 객지에서 평생을 마쳤다.

창조리

　창조리는 고구려 사람이다. 봉상왕 때에 국상(國相)이 되었는데, 이때 모용외가 고구려의 변경을 침략하였다. 왕은 많은 신하들에게 말하였다.

　"모용[1]씨는 군사가 강하여 여러 번 우리 국경을 침범하니, 이를 어찌하면 좋겠소?"

　창조리가 대답하였다.

　"북부의 대형(大兄) 고노자는 어질고 용감하오니, 대왕께서 만약 외적을 막고 백성을 편안하게 하려면 고노자가 아니고는 쓸 만한 사람이 없을 것입니다."

　왕이 고노자를 신성 태수로 삼았는데, 모용외가 다시 쳐들어오지 못하였다. 9(300)년 8월에 왕이 나라 안의 15살 이상의 장정을 징발하여 궁실을 수리하니, 백성들은 식량이 곤란하고 부

---

1) 모용의. 연나라의 왕. 3세기경 만주 지방에서 강한 세력을 가지고 285년경 농안 부근에 살던 부여족을 멸망시키고 남쪽으로 몰아냈음.

역에 피곤하여 이로 인해 정처없이 고향을 떠나갔다. 창조리는 왕에게 간하였다.

"천재(天災)가 거듭 닥쳐와서 곡식이 익지 않으므로 백성들이 살 곳을 잃어 건장한 사람은 사방으로 떠돌아다니고 늙은이와 어린이는 구정[1]에 뒹굴고 있으니, 이때야말로 진실로 하늘을 두려워하고 백성의 생활을 근심하여 두려워하며 반성할 시기입니다. 대왕께서는 일찍이 이 일은 생각하지 않으시고 굶주린 백성을 몰아다가 토목의 역사로 괴롭히시니, 백성의 부모가 된 뜻에 심히 어긋납니다. 하물며 가까운 이웃에는 강한 적국이 있으니, 만약 우리의 피폐한 틈을 타서 쳐들어온다면 사직(社稷)과 백성이 어찌 되겠습니까? 원컨대 대왕께서는 이를 깊이 생각하소서."

왕은 화를 내며 말하였다.

"임금은 백성들이 우러러보는 바이므로 궁실이 웅장하고 화려하지 않으면 위엄을 보일 수 없는데 지금 국상은 나를 비방하여 백성들에게 칭찬을 구하고자 하는 것이로다."

창조리는 말하였다.

"임금으로서 백성을 불쌍히 여기지 않으심은 인애(仁愛)가 아니며, 신하로서 임금에게 간하지 않음은 충성이 아닙니다. 저는 외람히 국상이 되어 있으므로 감히 말하지 않을 수 없는 것이온데, 어찌 감히 칭찬을 구하는 것이겠습니까?"

왕은 웃으면서 말하였다.

"국상은 백성을 위하여 죽으려고 하는가? 이후에는 말이 없

---

1) 고려 때부터 궁중이나 대가(大家)의 울안에 있던 격구(擊毬)하는 크고 넓은 마당.

기를 바라오."

창조리는 왕이 고칠 뜻이 없음을 알고 물러나와 여러 신하들과 모의하여 왕을 폐하려고 하니 왕은 면하지 못할 것을 알고 스스로 목 매어 죽었다.

개소문

개소문의 성은 천씨이다. 그는 스스로 물 속에서 났다고 하여
뭇 사람들을 미혹시켰다. 형상이 웅장하였으며 의기가 활달하
였다. 그의 아버지인 동부 대인 대대로[1]가 죽자, 개소문이 마땅
히 뒤를 이어야 될 것인데도 나라 사람들은 그 성품이 잔인하고
포악하다고 미워하기 때문에 뒤를 계승하지 못하였다

개소문은 머리를 조아려 절하고 사과하여 관직을 서리(署
理)[2]하기를 청하고는 만약 잘못된 점이 생기면 비록 폐하더라
도 후회하지 않겠다고 하니, 여러 사람들은 그를 가엾게 여겨
드디어 이어받도록 하였는데 흉악하고 잔인하여 인도에 벗어났
다. 여러 대인(大人)들이 왕〔영유왕〕과 비밀히 의논하여 개소문
을 죽이려고 하다가, 일이 누설되니 소문은 그 부(部)의 군사를

---

1) 고구려 후기 직제의 일품에 해당하는 벼슬 이름. 국정을 총리하던 수상으로, 대로를 한
   단계 올린 벼슬임.
2) 결원이 있을 때 직무를 대리함. 또는 그 사람.

다 모아 사열하는 것처럼 하고 아울러 성 남쪽에 술과 음식을
성대히 준비하여 여러 대신들을 불러 함께 와서 보도록 하였다.
초청된 손님들이 이르자 이들을 모두 죽였으니, 무릇 100여 명
이나 되었다. 곧 달려가 궁궐로 들어가서 왕을 죽여 몸을 잘라
몇 동강을 내어 구렁 속에 버렸다.

　그는 왕의 아우의 아들인 장을 세워 왕으로 삼고, 스스로 막
리지[3]가 되었는데, 이에 먼 지방과 가까운 지방을 호령하고 나
라일을 마음대로 처리하였다. 그는 매우 위엄이 있었으며 몸에
는 칼 다섯 자루를 차고 다녔으므로 좌우의 사람이 감히 쳐다보
지도 못하였다. 매양 말을 타고 내릴 적에는 항상 귀인과 무장
들을 땅에 엎드리게 하여 이를 밟고 오르내렸다. 밖으로 나갈
때는 반드시 대오를 정렬시키게 하고 앞으로 인도하는 사람이
큰 소리로 외치면 사람들이 모두 달아나서 구덩이로 피하여 숨
게 되었으니 나라 사람들이 심히 괴롭게 여겼다.

　당나라 태종이 개소문이 그 임금을 죽이고 국정을 마음대로
처리한다는 말을 듣고 이를 치려고 하니, 장손무기가 아뢰었다.

　"개소문이 스스로 그 죄가 큰 것을 알고 대국(大國)이 정벌할
것을 두려워하여 수비를 설치하였사오니, 폐하께서는 아직 참
고 있으면 그들이 스스로 안심하고 그 나쁜 짓을 더욱 마음대로
행할 것이므로 그 후에 이를 치더라도 늦지 않을 것입니다."

　황제는 그 말을 따랐다. 개소문이 왕에게 아뢰었다.

　"듣건대 중국에서는 삼교(三敎)[4]가 모두 행하여진다고 하는

---

3) 고구려의 관직. 1품관에 비할 최고 관직으로 막리지 · 대막리지 · 태막리지 등이 있음.
　당나라의 병부상서로서 중서령을 겸한 직책과 같았음.
4) 유교 · 불교 · 도교 또는 유교 · 불교 · 선교를 일컬음.

데, 우리나라에서는 도교¹⁾가 아직 없으니 부디 사신을 당나라에 보내 이를 구하십시오."

왕은 드디어 글을 올려 도교를 청하니 당나라에서는 도사 숙달 등 8명을 고구려에 보내고, 겸하여 《도덕경(道德經)》까지 보내었으므로 이에 절을 빼앗아 그들을 머물러 있게 하였다. 때마침 신라에서 사신을 당나라로 들여보내 고하였다.

"백제에서 저희 나라 40여 성을 쳐서 빼앗고 다시 고구려와 군사를 연합하여 저희 나라에서 당나라에 입조(入朝)²⁾하는 길을 끊으려 하므로 소국(小國)에서는 마지못해 국사를 출동하였사오니 삼가 천사의 군사가 구원해 주시기를 바랍니다."

이에 태종은 사농승 상리 현장에게 명하여 국서³⁾를 가지고 와서 왕에게 명하였다.

"신라는 우리나라에 신하의 예를 지켜 조공을 궐하지 않았으니 그대 나라는 백제와 함께 각기 전쟁을 중지하라. 만약 다시 신라를 친다면, 명년에 군사를 동원하여 너희 나라를 정벌하겠다."

처음에 현장이 고구려의 국경에 돌아올 때 개소문이 벌써 군사를 거느리고 신라를 치고 있었으므로 왕이 사람을 보내 불러오게 하니 그제야 돌아왔다. 현장이 조칙(詔勅)을 전하니 개소문은 말하였다.

"지난번 수나라에서 우리나라를 침공할 때에 신라에서는 그

---

1) 중국의 종교. 신선 사상이 근본이 되어 음양 · 오행 · 복서 · 무축 · 참위 등을 더하고, 거기에 도가 철학을 가입, 다시 불교의 영향을 받아 성립함. 그 골자는 불로장생에 있음.
2) 벼슬아치가 조회에 들어가는 일. 이국인이 조정에 참예함.
3) 한 나라의 원수가 그 나라의 이름으로 다른 나라에 보내는 외교 문서.

틈을 타서 우리나라의 성읍 500리 땅을 빼앗아갔습니다. 이로부터 원한이 생긴 지 이미 오래되었으니 만약 침략해 간 우리 땅을 돌려주지 않는다면 전쟁은 그칠 수 없습니다."

현장은 말하였다.

"이미 지나간 일을 어찌 지금 와서 말할 것이 있겠습니까? 지금은 요동은 본디 모두 중국의 군·현이었지만 중국에서도 오히려 이것을 말하지 않는데, 고구려에서 어찌 꼭 옛 땅을 찾으려고 합니까?"

개소문은 이 말을 따르지 않았다. 현장이 본국으로 돌아가서 상세히 말하니 태종은 말하였다.

"개소문이 그 임금을 죽이고, 그 대신을 죽이고, 그 백성에게는 잔학하였으며 지금 또 내 조칙 명령을 어겼으니 토벌하지 않을 수 없다."

또 사신 장엄을 보내 타일렀으나 소문은 끝내 조서를 받들지 않고, 이에 군사로써 사자를 위협하였으나 굴복하지 않으니 마침내 사자를 굴방 속에 가두었다. 이에 태종은 크게 군사를 일으켜 친히 고구려를 정벌하였다. 이러한 사실은 고구려 본기(本記)[4]에 상세히 기록되어 있다.

개소문은 보장왕 25(666)년에 죽었다. 그 아들 남생은 자가 원덕이다. 나이 9살에 아버지의 덕으로 벼슬하여 선인[5]이 되었다가 중리[6] 소형으로 벼슬이 옮겨졌으니 또 중리 대형이 되어

---

4) 제왕의 사적을 기록한 기전체의 역사.
5) 고구려 관직. 당나라의 정9품에 해당함. 중앙 정부뿐만 아니라 각 부 대가에게도 딸려 있었음.
6) 고구려의 벼슬 이름. 당나라의 알자와 같은 직책임.

나라의 정사를 맡아보아 모든 국가의 사령[1]은 모두 남생이 주
관하였다. 후에 중리위두 대형에 승진되었다가, 오랜 후에 막리
지가 되어 삼군 대장군을 겸하고 대막리지라는 벼슬을 더하였
다. 남생은 밖으로 나가 여러 부(部)를 순찰하고 그의 아우 남
건·남산은 나라일을 맡아보고 있었는데, 어떤 이가 남건·남
산에게 말하였다.

"남생은 당신들이 자기를 핍박함을 싫어하여 장차 당신들을
제거하려 합니다."

남건과 남산은 이 말을 믿지 않았는데, 또 어떤 이가 남생에
게 말하였다.

"남건과 남산이 당신을 들어오지 못하게 하려 합니다."

남생이 간첩을 보냈는데, 남건이 이를 체포하고 곧 왕의 명령
을 거짓으로 꾸며 남생을 부르니 남생은 두려워하여 감히 들어
오지 못하였다. 남건이 남생의 아들 헌충을 죽이니, 남생은 달
아나서 국내성을 보전하고는 그 무리를 거느리고 거란과 말갈
군사와 함께 당나라에 귀순하고 그 아들 헌성을 당나라에 보내
어 사정을 호소하였다.

고종은 헌성을 좌무위장군으로 임명하고 탈 말과 좋은 비단
에 보도(寶刀) 등을 내리고 헌성을 시켜 돌아가서 보고하게 하
고는, 계필하력에게 명하여 군사를 거느리고 원조하게 하니, 남
생이 그제야 죽음을 면하게 되었다. 남생에게 평양도 행군대총
관 겸 지절안무대사를 제수하니, 남생이 가물·남소·창암 등
의 성을 내어 당나라에 항복하였으므로 황제는 또 서대사인 이

---

1) 관직의 임면의 공식적인 발령.

건역에게 명하여 군중에 나아가서 그를 위로하게 하고, 금포(金
袍)와 띠와 금단추 7벌을 주었다.

이듬해 남생을 불러 들어와서 조회하게 하여 요동대도독 현
토군공으로 승진시키고, 당나라 서울에 집을 주었다. 이내 그를
명하여 군사를 돌려서 이적과 함께 평양을 공격하여 왕을 사로
잡게 하였다. 황제는 남생의 아들을 보내 요수로 가서 그를 위
로하게 하고, 남생이 돌아오자 우위 대장군 변국공으로 승진시
켰다. 나이 46살에 죽었다.

남생은 성품이 순후하고 예의가 있었으며, 웃사람에게 아뢰
고 대답할 적에 말을 잘하였으며, 활 쏘기도 잘하였다. 그가 처
음 당나라에 이르렀을 적에 형구[2]에 엎드려 죄 주기를 기다렸
으므로 세상 사람들은 이 일로써 그를 칭찬하였다.

헌성은 천수 연간(690~692)에 우위대장군으로서 우림위를
겸하였다. 측천무후[3]가 일찍이 금화를 내어 문무관 중에서 활
잘 쏘는 사람 5명을 뽑아서 맞힌 사람에게 이를 주게 하였는데,
내사 장광보가 먼저 헌성에게 양보하여 헌성을 제1로 삼으니,
헌성은 뒤에 우금위 대장군 설토마지에게 양보하고 마지는 또
헌성에게 양보하였다. 조금 후에 헌성이 무후에게 아뢰었다.

"폐하께서 활 잘 쏘는 사람을 뽑았으나 중국 사람 아닌 이가
많으므로 저는 당나라 관리가 활 쏘는 것을 수치로 여길까 염려
하오니 이를 그만 두는 것이 좋겠습니다."

---

2) 형벌이나 고문하는 데에 쓰이는 제구.
3) 중국 당나라 고종의 황후. 성은 무씨. 산서사람. 고종이 죽은 뒤에 중종·예종을 폐하고
스스로 제위에 올라 신성 황제라 칭하고 국호를 주로 개칭했으나 후에 재상 장간지 등에
의해 폐지됨.

무후는 이 말을 옳게 여겨 받아들였다. 내준신이 일찍이 화폐를 청구하였으나 헌성이 주지 않았는데, 이에 그가 반역을 도모하였다고 모함하여 목매어 죽였다. 무후가 후에 그의 원통함을 알고, 우우림위 대장군을 내리고 예를 갖추어 고쳐 장사지내게 하였다.

논(論). 송나라 신종이 왕개보[1]와 역사를 의논할 때에,

"태종이 고구려를 정벌하여 어째서 이기지 못하였는가?"

하니, 왕개보는,

"개소문은 비상한 사람입니다."

하였다. 그렇다면 소문 또한 재사(才士)이다. 그러나 능히 바른 도리로써 나라를 받들지 못하고, 잔인 포악한 짓을 마음대로 하여 대역(大逆)을 하기까지 하였다. 《춘추(春秋)》[2]에 임금을 죽인 도적을 토벌하지 않음을 나라에 사람이 없다고 이른다고 말하였는데, 소문은 몸뚱이를 보전하여 그 집에서 죽었으니, 이는 요행히 죽음을 면한 것이라 할 수 있다. 남생과 헌성은 비록 당나라에서 그 이름이 알려졌으나 본국에서 말한다면 반역자임을 면하지 못한다.

---

1) 왕안석. 개보는 자. 중국 송대의 정치가. 소위 신법(新法)을 행하여 부국강병의 정책을 썼고 시문에도 능해 당송 8대가의 한 사람으로 꼽힘.
2) 유교 경전으로 5경(經)의 하나.

궁 예

궁예는 신라 사람으로 성은 김씨이다. 그의 아버지는 제47대 헌안왕 의정이요, 어머니는 헌안왕의 궁녀였는데, 그 성명은 전하지 않는다. 어떤 이는 궁예를 48대 경문왕 응렴의 아들이라고도 한다. 5월 5일에 외가에서 낳았는데, 그때 지붕 위에 긴 무지개와 같은 흰 광채가 있어 위로 하늘까지 뻗쳐 있었다. 일관(日官)[3]이 왕에게 아뢰었다.

"이 아이는 단오날에 낳았고 나면서 이빨이 있으며 이상한 광채가 있었으니, 아마 장래에 국가에 이롭지 못할 것입니다. 마땅히 이를 기르지 말아야 합니다."

왕은 내시에게 명하여 그 집에 가서 아이를 죽이게 하였다. 사자(使者)는 아이를 포대기 속에서 빼앗아 다락 밑으로 던져 버렸는데, 그 젖어미 종이 몰래 이를 받다가 잘못하여 손가락이

---

3) 하늘의 변이로써 나라나 인간의 길흉을 점치던 관원.

그 눈에 찔려 한 눈이 애꾸눈이 되었다. 그녀는 아이를 안고 도망하려 숨어서 갖은 수고를 하여 길렀다. 나이 10여 세가 되도록 장난하는 버릇을 그치지 않으니 그 젖어미가 그에게 사실을 알렸다.

"너는 나면서 나라에서 버림을 당하였는데, 나는 이를 차마 볼 수가 없었으므로 남몰래 길러 오늘날에 이르렀다. 그럼에도 네 미친 버릇은 이와 같으니 반드시 남이 알게 될 것이다. 그리되면 나와 너는 모두 죽음을 면하지 못할 것이니 어찌하면 좋겠느냐?"

궁예는 울면서 말하였다.

"만약 그렇다면 나는 멀리 가겠으니 어머니의 걱정은 없을 것입니다."

곧 세달사[1]로 가서 머리를 깎고 중이 되어 스스로 선종이라 이름하였다. 장성한 후에 중의 계율에 구속을 받지 않고 기상이 당당하고 담기가 있었다. 일찍이 신도의 청으로 가는데, 길에 까마귀가 무슨 물건을 물어다가 그의 바릿대 속에 떨어뜨렸다. 숨기고 말하지 않고 마음속으로 자못 자부하였다.

신라가 쇠퇴한 무렵으로 정치는 문란하고 백성들은 이반[2]되어 서울 밖의 주·현은 배반한 것이 반이나 되었고 먼 곳과 가까운 곳에서 뭇 도적들이 벌떼처럼 일어나 개미떼처럼 모여 있었다. 이를 본 선종은 어지러운 시기를 타서 무리를 모으면 뜻대로 될 것이라 생각하고 진성왕 5년(891)에 죽주 도적의 괴수 기훤에게 의탁하였는데, 기훤은 그를 업신여겨 예로써 대우하

1) 지금의 흥교사.
2) 인심이 떠나서 배반함.

지 않았다.

궁예가 답답하고 불평하며 스스로 편하지 않으므로 몰래 기훤의 부하인 원회·신훤 등과 결탁하여 벗이 되어 6(892)년에 북원[3]의 도적 양길에게 의탁하니, 양길은 잘 대우하여 중요한 일을 맡기고 드디어 군사를 나누어 주어 동쪽으로 가서 땅을 빼앗게 하였다. 이에 궁예가 밖으로 나가 치악산 석남사에서 자고 가서 주천·내성·울오·어진 등의 고을을 습격하여 모두 항복받았다.

8(894)년에 명주[4]에 들어가니 그 무리가 3천 500명이나 되었다. 14대로 나누고 김대금·모흔·장귀평·장일 등을 사상(舍上)[5]으로 삼았다. 사졸들과 함께 즐거움과 괴로움을 같이 하고, 직책을 주고 빼앗을 적에는 공평하며 사정이 없었다. 이로써 여러 사람의 마음이 그를 두려워하고 사랑하여 떠받들어 장군으로 삼았다.

이에 저족[6]·생천·부약·금성·철원 등 여러 성을 쳐부수니 군대의 명성과 위세가 심히 강성하였으며, 패서[7]의 도적이 와서 항복하는 자가 매우 많았다.

선종은 스스로 그 무리가 많고 세력이 큰 이유로 나라를 세우고 임금을 일컬을 만하다고 여겨 비로소 내외의 관직을 두었다. 우리 태조(고려 태조)가 송악군으로부터 와서 의탁하니, 문득 철원군 태수로 임명하였다. 9(896)년에는 인물현이 항복하였

3) 강원도 원주.
4) 강원도 강릉의 옛 이름.
5) 부장(部長)을 일컫는 말.
6) 강원도 인제.
7) 평안도의 옛 이름.

다.

　궁예는 송악군이 한강 북쪽의 이름난 고을로서 산수의 경치가 기이하고 뛰어났다고 여겨, 이곳에 도읍을 정하고 공암·금포·혈구 등 여러 성을 쳐부셨다. 이때 양길이 아직 북원에 있으면서, 국원[1] 등 30여 성을 빼앗아 차지하고 있었는데, 선종이 땅이 넓고 백성이 많다는 말을 듣고 크게 노하여 30여 성의 강한 군사로 이를 습격하려 하니, 선종은 몰래 이 사실을 알고 먼저 쳐 크게 이를 패배시켰다.

　효공왕 2(898)년 2월에 송악군의 성을 수리하고, 우리 태조를 정기대감[2]으로 삼아 양주와 견주를 치게 하였다. 2월에 처음으로 팔관회(八關會)를 개최하였다. 4(900)년에 또 태조에게 명하여 광주·충주·당성[3]·청주·괴양 등을 쳐서 이를 모두 평정하였는데, 이 공로로 태조에게 아찬의 벼슬을 주었다. 5년에 궁예가 스스로 왕이라 일컫고, 사람들에게 이렇게 말하였다.

　"예전에 신라는 당나라에 군사를 청하여 고구려를 쳐부순 까닭으로 평양의 옛 도읍은 황폐해져 무성한 풀밭이 되었으니, 내가 반드시 그 원수를 갚으리라."

　대개 자기가 날 때에 버림을 받은 것을 원망한 까닭으로 이런 말이 있었던 것이다. 일찍이 남쪽 지방으로 순행하여 흥주의 부석사에 이르러 벽화에 신라왕의 초상이 있는 것을 보고는, 칼을 빼어 이를 쳤는데, 그 칼로 쳤던 자취가 아직도 남아 있다.

　8(904)년에 나라를 세워 이름을 마진이라 하고, 연호를 무태

----

1) 충청북도 충주.
2) 태봉의 무관의 하나.
3) 경기도 남양.

라고 하였다. 비로소 광평성을 설치하고, 광치내[4] · 서사[5] · 외서[6] 등의 관원을 갖추었으며, 또한 병부 · 대룡부[7] · 수춘부[8] · 봉빈부[9] · 의형대[10] · 납화부[11] · 조위부[12] · 내봉성[13] · 금서성[14] · 남상단[15] · 수단[16] · 원봉성[17] · 비룡성[18] · 물장성[19]을 설치하였다. 또 사대[20] · 식화부[21] · 장선부[22] · 주도성[23]을 설치하고, 또한 정광[24] · 원보[25] · 대상[26] · 원윤[27] · 좌윤[28] ·

---

4) 태봉의 광평성의 으뜸 벼슬. 고려의 시중과 같음.
5) 태봉의 광평성의 둘째 벼슬. 고려의 시중과 같음.
6) 태봉의 광평성에 딸린 벼슬. 고려 때의 원외랑과 같음.
7) 태봉의 한 관아. 후의 창부와 같음.
8) 태봉 때의 한 관아. 후의 예부와 같음.
9) 태봉 때의 관아. 조선 시대 때의 예빈성과 같음.
10) 태봉의 관청. 법률 · 소송 · 형옥에 관한 일을 맡아봄. 후의 형부와 같음.
11) 태봉의 중앙 관청의 하나로 재화 · 창고 등의 일을 맡아보던 곳. 후의 대부시와 같음.
12) 태봉의 관아 이름. 고려의 삼사와 같음.
13) 태봉의 마을. 고려의 상서성과 같음.
14) 태봉의 한 관아. 경적과 축문을 맡아봄. 고려의 비서성과 같음.
15) 태봉의 관아 이름. 고려의 장작감과 같음.
16) 태봉 때의 중앙 관아의 하나. 고려 때의 공부, 조선 때의 공조와 같은 종류임.
17) 태봉 때에 베풀어서 고려 초기까지 나라의 글 짓는 일을 맡아 보던 관아. 뒤에 학사원으로, 다시 한림원으로 고침.
18) 태봉의 한 관아. 고려의 대복시와 같음.
19) 태봉의 관아 이름. 고려 때의 소부감과 같음.
20) 태봉의 관아 이름. 여러 역어를 익힘을 맡음.
21) 태봉의 관아 이름. 과수 재배의 일을 맡음.
22) 태봉의 관아. 성황당을 수리하는 일을 맡음.
23) 태봉의 관아. 기물 만드는 일을 함.
24) 태봉의 한 벼슬. 고려 초에 태봉의 제도를 따서 정한 문무의 관호. 고려 때 향직의 2품.
25) 고려 국초에 태봉의 관제를 본떠서 정한 문무의 관호. 고려 때 향직의 4품.
26) 태봉의 관호의 하나. 고려 초의 문무 관계의 하나.
27) 태봉의 벼슬 이름. 고려 때 종친과 훈신의 작호.
28) 태봉의 벼슬 이름. 고려 초에 태봉의 관제를 본떠서 베푼 문무의 관호. 고려 때 향직의 7품.

정조[1] · 보윤[2] · 군윤[3] · 중윤[4] 등의 관직을 설치하였다.

7월에 청주의 민가 1천 호를 옮겨 철원성으로 들여보내 서울을 설비하게 하였다. 상주 등 30여 주·현을 쳐서 빼앗았는데, 공주의 장군 홍기가 와서 항복하였다.

9(905)년에 서울(철원)에 들어가서 궁궐과 누대[5]를 수리하되 매우 사치하게 만들었다.

무태의 연호를 고쳐 성책 원년으로 하였다. 패서 13진(鎭)을 나누어 정하니 평양의 성주 장군 금용이 항복하였고, 증성의 적의적 · 황의적 · 명귀 등이 귀순하였다. 궁예가 세력이 강성한 것을 스스로 자랑하여, 신라를 병합하려는 뜻을 두어 나라 사람들에게 신라를 멸도(滅都)라 부르게 하고 신라에서 오는 사람은 모두 베어 죽였다.

15(92)년에 성책[6] 연호를 고쳐 수덕만세 원년으로 하고, 나라 이름을 고쳐 태봉이라고 하였다. 태조(고려 태조)를 보내 군사를 거느리고 금성 등을 치게 하고, 금성을 나주로 삼았는데, 그 공을 논하여 태조를 대아찬 장군으로 삼았다.

궁예가 스스로 미륵불이라 일컫고 머리에는 금책을 쓰고 몸에는 가사[7]를 입었다. 맏아들을 청광보살이라 하고 끝아들을

---

1) 태봉의 벼슬 이름.
2) 태봉의 벼슬 이름.
3) 태봉의 벼슬로서 보윤의 다음. 고려의 향직 9품의 첫째.
4) 태봉의 벼슬 이름. 고려 초 태봉의 관제를 본떠서 정한 문무의 관호. 고려 때 향직 9품.
5) 누각과 대사.
6) 궁예의 대연호.
7) 중이 장삼 위에 왼쪽 어깨에서 오른쪽 겨드랑 밑으로 걸쳐 입는 법복. 종파와 계급에 따라 그 빛과 형식에 엄밀한 규정이 있음.

신광보살이라고 하였다. 밖으로 나갈 때는 항상 흰말을 탔는데, 비단으로 말머리와 꼬리를 장식하였으며, 사내 아이와 계집 아이에게 깃발과 천개(天蓋)⁸⁾·향·꽃을 들려 앞에서 인도하게 하고, 비구승 200여 명에게 명령하여 범패(梵唄)⁹⁾를 외면서 뒤에 따르게 하였다. 또 스스로 불경 20여 권을 지었는데, 그 말이 요망한 것이었다. 때로는 혹 정좌하여 이것을 강설(講說)하였으므로, 중 석총이 말하였다.

"모두 바르지 못한 설(說)과 괴이한 얘기이므로 세상 사람에게 가르칠 것이 못 되는 것이다."

궁예가 이 말을 듣고 노하여 쇠몽둥이로 그를 때려 죽였다. 신덕왕 2(913)년에 태조를 파진찬 시중으로 삼았다. 3(914)년에 수덕만세를 고쳐 정개¹⁰⁾ 원년으로 하고, 태조를 백선장군으로 삼았다. 3(915)년에 부인 강씨는 왕이 불법(不法)한 일을 많이 행하므로 정색하여 간하니 궁예가 미워하여 말하였다.

"네가 다른 사람과 간통하였다니 웬말이냐?"

강씨는 말하였다.

"어찌 그런 일이 있었겠습니까?"

궁예가 말하였다.

"내가 신통력으로 보았다."

뜨거운 불에 절구를 달구어 강씨의 음부를 지져 죽이고 그 두 아들까지 죽였다. 그 후부터 의심이 많고 성을 잘 내어 여러 관

---

8) 관의 뚜껑.
9) 음절이 굴곡승강하여 곡조에 맞게 읊는 소리. 범, 즉 인도를 노래한 것이기 때문에 범패라고 함.
10) 태봉국의 연호. 궁예가 건국한 지 14년 만인 914년부터 918년 망할 때까지 5년 간 사용했음.

원·장수·아전, 아래로 평민에 이르기까지 죄도 없이 죽음을
당한 사람이 잇달아 자주 있고 부양과 철원 사람들은 그 해독에
견딜 수 없었다.

이보다 먼저 상인 왕창근이 당나라로부터 와서 철원의 시전
(市廛)[1]에 살았다. 경명왕 2(918)년에 이르러 시중에서 한 사람
이 형상이 웅장하고 수발이 모두 희며 옛 의관을 하고 왼손에는
사기 주발을, 오른손에는 옛 거울을 가지고 있었다. 그 사람이
창근에게 내 거울을 사겠느냐고 하였으므로, 창근은 즉시 쌀로
거울과 바꾸었다. 그 사람은 쌀을 거리의 얻어먹는 사람에게 나
누어 준 후 자취를 감추었다.

창근은 그 거울을 벽에 걸어 놓았는데, 햇빛이 거울의 표면에
비치니 잘게 쓴 글자가 있었다. 읽어 보니 고시(古詩)와 같았는
데, 그 대략은 이러하다.

'상제(上帝)가 아들을 진마(辰馬)[2]에 내리시니 먼저 닭(鷄)을
잡고 후에 오리(鴨)를 잡으리라. 사년(巳年) 사이에 두 용이 나
타날 것이니, 하나는 몸을 푸른 나무 속에 감추고, 하나는 형체
를 검은 금(黑金) 동쪽에 나타내리라.'

창근은 처음에는 글이 있는 것을 알지 못하였다가 이것을 보
고는 비상한 것이라 생각하여 드디어 궁예에게 고하였다. 궁예
가 관원에게 명하여 창근과 함께 그 거울의 주인을 물색하여 찾
게 하였으나 보이지 않고, 다만 발삽사의 불당에 진성(鎭星)의
소상(塑像)이 있는데, 그 사람과 같았다. 궁예가 이상히 여겨
탄식하기를 한참 동안이나 하다가 문인 송함홍·백탁·허원 등

---

1) 시가지에 있었던 큰 상점.
2) 진한·마한.

에게 이를 해석하게 하였는데, 함홍 등은 서로 말하였다.

"상제가 아들을 진마에 내렸다는 것은, 진마는 진한과 마한을 이름이요, 두 용이 나타나서 하나는 몸을 푸른 나무에 숨기고, 하나는 형체를 검은 금에 나타냈다는 것은 푸른 나무는 소나무(松)이므로 송악군 사람으로서 용이라는 이름을 한 사람의 자손일 것이니 지금 파진찬 시중 왕건을 이름이요, 검은 금은 쇠(鐵)이므로 지금 도읍한 철원을 이름이다. 지금 임금이 처음 이곳에서 일어났다가 마침내 이곳에서 멸망한다는 증거이다. 먼저 닭(鷄)을 잡고 후에 오리(鴨)를 잡는다는 것은 파진찬 시중이 먼저 계림(鷄林)을 얻고 후에 압록강 지역을 수복한다는 뜻이다."

송함홍 등이 서로 말하였다.

"지금 임금의 포악 음란함이 이와 같으니 우리가 만약 실상대로 말을 한다면 다만 우리만 죽음을 당할 뿐 아니라 파진찬 왕건 또한 반드시 살해를 당할 것이다."

이에 말을 꾸며서 고하였다. 궁예가 흉악함이 꺼림이 없으므로 신하들이 심히 두려워하며 어찌할 바를 알지 못하였다. 6월에 장군 홍유·배현경·신숭겸·복지겸 네 사람이 비밀히 모의하여 밤에 태조의 사제[3]로 나아가서 말하였다.

"지금 임금이 형벌을 함부로 하여 아내와 아들을 죽이고 신하들을 무찌르니, 백성들이 도탄에 빠져 살 수 없습니다. 예로부터 어두운 임금을 폐하고 밝은 임금을 세우는 일은 천하의 대의이니 부디 공은 탕[4]과 무왕[5]의 일을 행하소서."

---

3) 공무원 같은 사람의 사유의 집. 개인 소유의 집. 사택. 사저.
4) 중국 은나라의 초대 왕. 하나라의 걸왕을 내쫓고 천자에 올랐음.
5) 중국 주나라 문왕의 아들. 이름은 발. 여상을 태사로 하고, 아우 단과 협력하여 주왕을 토벌한 후 은조를 타도하고 주 왕조를 창건함.

태조는 안색을 엄하게 하여 이를 거절하였다.

"나는 충직하고 순실(純實)한 신하가 되려 하고 있으니, 지금 비록 포악한 임금을 만났으나 감히 두 마음을 가질 수 없소. 대저 신하로서 임금을 바꾸는 일을 혁명이라 하는데, 나는 실로 덕이 없는 사람인데 감히 은나라 탕, 주나라 무왕의 일을 본받을 수 있겠소."

여러 장수들은 말하였다.

"때는 두 번 오지 않는 것이라 만나기는 어려워도 잃기는 쉬운 것입니다. 하늘이 주는 것을 취하지 않으면 도리어 그 재앙을 받는 법입니다. 지금 정치는 어지럽고 나라는 위태한데 백성들은 임금을 원수처럼 모두 미워합니다. 지금 덕망이 공의 위에 있는 사람이 없습니다. 하물며 왕창근이 얻은 거울의 글도 그와 같으니 어찌 가만히 있다가 독부(獨夫)[1]의 손에 죽음을 당하겠습니까?"

부인 유씨가 여러 장수들의 의논을 듣고 있다가 이에 태조에게 고하였다.

"인(仁)으로써 불인(不仁)을 침은 예로부터 그러합니다. 지금 여러 사람들의 의논을 들으니 첩도 오히려 분개한 마음이 나는데, 하물며 대장부이겠습니까? 지금 여러 사람들의 마음이 갑자기 변해졌으니 천명이 돌아오는 데가 있습니다."

손수 갑옷을 가져와서 태조에게 올리고, 여러 장수들은 태조를 부축하여 문 밖으로 나와 천 사람을 시켜 앞에서 큰 소리를 외치게 하였다.

---

1) 악정을 행하여 국민으로부터 따돌림을 받은 군주.

"왕공이 이미 의기(義旗)를 들었다."

이에 앞뒤에서 달려오는 사람이 얼마가 되는지 알 수도 없었으며 또 먼저 궁성문에 이르러 북을 치고 함성을 지르며 기다리는 사람이 또한 1만 여 명이나 되었다. 궁예가 듣고 어찌할 바를 알지 못하여 변장을 하고 산림 속으로 도망해 들어갔다가 부양[2] 백성에게 살해되었다.

---

2) 평강. 강원도 북서부에 위치함.

196

견 훤

견훤은 신라 상주 가은현 사람이다. 본성은 이씨였는데, 후에 견씨라 하였다. 그의 아버지 아자개는 농민으로 생활하였는데, 후에 출세하여 장군이 되었다.

견훤이 젖먹이일 때에 그의 아버지는 들에서 밭을 갈고 있었는데, 어머니가 밥을 갖고 갔다가 아이를 숲 아래에 두었더니 범이 와서 젖을 먹여 주었다. 마을 사람들이 듣고 이상히 여겼다. 장성하자 체구가 웅장 기특하고 뜻과 기상이 활달하여 비범하였다. 군인이 되어 서울에 들어갔다가 서남 해변에 가서 국경을 지킬 때 창(戈)을 베고 적을 기다려 그 용기가 항상 사졸의 선두에 섰으며, 공로로써 비장(裨將)이 되었다. 진성왕 6(892)년에 폐신(嬖臣)[1]이 임금 가까이 있어 국권을 마음대로 조종하여 기강이 문란해졌다. 게다가 흉년이 겹치니, 백성들이 유리

---

1) 임금에게 아부하여 신임을 받는 신하.

(流리)하고 뭇 도적들이 벌떼처럼 일어났다.

이에 견훤이 몰래 나라를 엿보는 마음을 먹고 무리를 모아 다니면서 서울 서남쪽 주현을 치니, 이르는 곳마다 호응하여 한 달 사이에 무리가 5천 명에 이르렀다. 드디어 무진주[2]를 습격하여 스스로 왕이 되었으나, 아직은 감히 공공연히 왕이라 일컫지는 못하고 스스로 신라 서면도통 지휘병마제치, 지절도독전무공등주군사 행 전주 자사 겸 어사중승 상주국 한남군 개국공 식읍 2천 호라 하였다.

이때 북원의 적 양길이 세력이 강성하니 궁예는 자진해 가서 그의 부하가 되었다. 견훤이 듣고 멀리서 양길에게 관직을 주어 비장으로 삼았다. 견훤이 서쪽으로 순행하여 완산주[3]에 이르니 주의 백성이 영접하며 위로하였다. 견훤이 인심을 얻은 것을 기뻐하여 좌우 사람에게 말하였다.

"내가 3국의 시초를 살펴보건대 마한이 먼저 일어나고 그 후에 혁거세가 일어났다. 그러므로 진한과 변한이 이를 뒤따라 일어났다. 이에 백제는 금마산[4]에 나라를 세워 600년을 내려왔는데, 당나라 고종이 신라의 요청으로 장군 소정방을 보내 수군 13만 명으로 바다를 건너 오고 신라의 김유신은 있는 군사를 다 거느리고 황산을 거쳐 사비[5]에 이르러 당나라 군사와 합세하여 백제를 쳐서 멸하였다. 이제 내가 감히 완산에 수도를 세워 의자왕의 원한을 씻지 않으리요."

---

2) 전라남도 광주.
3) 전라북도 전주.
4) 전라북도 익산.
5) 백제의 마지막 수도. 현 충청남도 부여읍. 사비란 말은 신라의 서벌과 마찬가지로 상읍, 즉 수도를 의미하는 말이라고 함.

드디어 스스로 후백제왕이라 일컫고 관직을 설치하였다. 이
때는 효공왕 4(900)년이었다. 사신을 오월에 보내니, 오월 왕이
사신을 보내어 답례하고 이내 검교태보의 벼슬을 주고 그 외의
관직은 전과 같이 하였다.

5년에 견훤이 대야성을 공격하였으나 함락시키지 못하였다.
14년에 견훤은 금성이 궁예에게 붙은 것을 노하여 보병과 기병
3천 명으로 포위 공격하였으나 10일이 지나도 결말이 나지 않
았다. 신덕왕 원년(912) 견훤은 궁예와 덕진포에서 싸웠다.

경명왕 2(918)년에 궁예의 여러 장수가 우리 태조를 추대하
여 왕위에 오르자 견훤이 듣고 일길찬 민각을 보내 경하하고
공작선(孔雀扇)¹⁾과 지리산의 죽전(竹箭)을 바쳤다. 또 사신을
오월에 보내어 말을 바치니, 오월 왕이 사신을 보내 답례하고
중대부의 벼슬을 주고 그 외의 벼슬은 전과 같이 하였다.

4년에 견훤이 보병과 기병 1만 명을 거느리고 대야성을 쳐서
함락시키고 진례성²⁾으로 군사를 옮기니, 신라 왕이 아찬 김율
을 보내 태조에게 구원을 청하였다. 태조가 군사를 내어 구원하
려 하니 견훤이 듣고 물러갔다.

견훤은 우리 태조와 겉으로는 화친한 체하면서도 속으로는
시기하였다. 경애왕 원년(924)년 7월에 그 아들 수미강을 보내
대야성·문소성³⁾ 두 성의 군사를 징발하여 조물성을 공격하였
으나 성안 사람들이 태조를 위하여 굳게 지키고 또 싸우니 수미
강이 이기지 못하고 돌아갔다. 8월에 사신을 보내 태조에게 총

---

1) 의장의 한 종류. 붉은색 공작을 화려하게 그린 부채.
2) 전라북도 무주.
3) 경상북도 의성.

마(총馬)를 바쳤다.

우리 태조 2(925)년 10월에 견훤이 기병 3천 명을 거느리고 조물성에 이르매, 태조 또한 정병을 거느리고 가서 그와 대전하였다. 이때 견훤의 군사가 심히 날래 승부를 결정할 수 없었으므로, 태조는 잠정적으로 화친하여 시일을 끌어 그 군사들을 지치도록 하려고 서신을 보내어 화친을 청하였다. 종제 왕신(王信)을 볼모로 삼아 보내니, 견훤 또한 그 사위 진호(眞虎)를 보내 볼모로 교환하였다.

12월에 견훤이 신라의 거창 등 20여 성을 쳐서 빼앗고 사신을 후당(後唐)4)에 보내 속국이라 일컬으니, 후당에서 그에게 검교태위 겸 시중 판백제군사란 작명을 주고, 전대로지절도독전무공등주군사 행전주 자사 해동서면도통 지휘병마제치등사 백제 왕 식읍 2천 500호라 하였다.

4(926)년에 진호가 갑자기 죽으니 견훤이 이 소식을 듣고 고의로 죽였다고 의심하여 즉시 왕신을 옥에 가두고, 또한 사람을 보내 전년에 보냈던 총마를 달라고 청하니 이에 태조는 웃으면서 돌려보냈다.

4년 9월에 견훤은 근품성을 쳐 빼앗아서 이를 태워 버리고 나아가 신라의 고울부5)를 습격하고, 신라의 서울 부근까지 닥치니 신라 왕(경애왕)은 태조에게 구원을 청하였다. 10월에 태조가 군사를 내어 구원하려 하였는데, 견훤이 창졸에 신라 서울로 쳐들어 갔다. 이때 왕은 왕비와 궁녀와 함께 포석정에 나와 놀

---

4) 중국 5대의 한 나라. 돌궐 사타부 출신인 이극용의 아들 이존욱이 후량을 멸망시키고 낙양에 도읍하여 세운 나라.
5) 경상북도 영천.

200

며 술자리를 베풀고 즐기다가 적이 이르니, 황급하여 어찌할 바를 알지 못하고 왕비와 함께 성 남쪽의 이궁(離宮)으로 돌아갔는데, 여러 시종하던 신하와 궁녀 영관들은 모두 난병에게 붙잡혔다. 견훤이 군사를 놓아 크게 약탈하고, 사람을 시켜 왕을 잡아와서 자기 앞에서 죽이고, 곧 궁중으로 들어가서 왕비를 끌어내어 능욕하고, 왕의 족제[1] 김부로 왕위를 잇게 하고는, 왕의 아우 효렴과 재상 영경을 사로잡고, 진귀한 보물과 무기와 자녀들이며 각종 기술자를 빼앗아 데리고 갔다.

태조가 날랜 기병 5천 명을 거느리고 공산[2] 아래에서 견훤을 맞아 크게 싸웠는데, 태조의 장수 김낙과 신숭겸은 전사하고 군사가 패하였으며, 태조도 겨우 죽음을 면하였다. 견훤이 이긴 기세를 타서 대목성[3]을 쳐 빼앗았다.

거란의 사신 사고·마돌 등 35명이 와서 예물을 바쳤으므로 견훤이 장군 최견을 시켜 마돌 등을 동반해 가게 하였는데, 배를 타고 북쪽으로 가다가 바람을 만나 당나라 등주에 이르러 모두 잡혀서 죽음을 당하였다.

이때 신라의 군사들은 쇠망해 가는 말기여서 다시 일어나기 어려웠으므로, 우리 태조를 끌어들여 사이 좋게 의를 맺어 후원을 삼으려 하였다. 견훤이 스스로 나라를 빼앗을 마음이 있었는데, 태조가 먼저 도모할까 염려한 까닭으로 군사를 이끌고 신라 서울에 들어가 포악한 짓을 하였던 것이다.

경순왕 원년 12월에 견훤이 태조에게 서신을 보냈다.

1) 유복친 이외의 아우뻘이 되는 남자.
2) 대구 팔공산.
3) 경상북도 약목.

'지난번에 신라의 국왕 김웅렴 등이 장차 족하(足下)⁴⁾를 서울로 불러들이려 하였으니, 이는 작은 나라가 큰 나라의 소리에 호응함과 같음이요, 종달새가 매의 날개를 찢으려 함이었으니, 반드시 백성들을 도탄에 빠지게 하고 종묘와 사직을 폐허로 만들게 한 것이오. 나는 이로써 먼저 조적의 채찍을 잡고 홀로 한 금호의 부월⁵⁾을 휘두르며, 백관에게 백일(白日)을 가리켜 맹세하고, 육부(六部)⁶⁾를 의풍(義風)으로써 설유(說諭)하였는데, 뜻 밖에 간신은 도망가고 국왕(경애왕)은 세상을 떠나셨소. 마침내 경명왕의 외종제 헌강왕의 외손을 받들어 왕위에 오르게 하여 위태롭게 된 나라를 다시 세우니, 임금이 없다가 임금이 있게 되었소. 족하는 충고를 자세히 살피지 않고 다만 근거 없는 말만 들어 온갖 계책으로 엿보고 여러 방면으로 침노하였으나, 아직 내 말머리도 볼 수 없었고 내 소털도 뽑을 수 없었소. 이 겨울 초에는 도두 색상은 성산진 아래에서 항복하였고, 이달 안에 좌장 김낙은 미리사⁷⁾ 앞에서 뼈를 뒹굴었으며, 죽인 것도 많고 사로잡은 것도 적지 않았소. 강하고 약함이 이와 같으니 승패를 알 수 있을 것이오. 내가 기대하는 일은 활을 평양의 누(樓)에 걸고 대동강 물을 마시게 하는 것이오. 그런데 지난달 7월에 오월국의 사신 반상서가 와서 왕의 조서를 전하되, '경이 고려와 오랫동안 화호(和好)를 통해 왔고, 서로 이웃 나라의 맹약⁸⁾을

4) 태조를 가리킴.
5) 도끼를 말함. 부는 작은 도끼, 월은 큰 도끼라고 함.
6) 신라 때의 서울 경주의 행정 구역. 유리왕 9년에 6부로 개칭. 즉, 양부·사량부·본피부·점량부·한지부·습비부 등 6부였음.
7) 경상북도 달성군의 절.
8) 맹세하여 맺은 굳은 약속. 동맹국 사이의 조약.

맺고 있는 줄 알고 있었는데, 근래에 볼모가 죽음으로 말미암아
마침내 옛 정을 저버리고 서로 경계를 침범하여 전쟁을 그치지
않으므로, 지금 사신을 보내 경의 본도(本道)¹⁾로 가게 하고, 또
고려에도 글을 보내니, 각기 서로 친목하여 영구히 평화를 도모
하도록 하오'라고 하였소. 나는 왕실(신라)을 높이는 의(義)에
돈독하고 대국(大國)을 섬기는 데에 뜻이 깊었소. 이제 오월 왕
의 조유(詔諭)를 듣고 즉시 그대로 받들려 하오. 다만, 족하가
그만두려 해도 둘 수 없어 곤한 짐승이 오히려 싸우려 할 것을
염려하오. 이제 그 조서를 기록하여 보내니 유의하여 자세히 살
피기를 바라오. 토끼와 사냥개가 다 피곤해지면 마침내 반드시
조롱거리가 될 것이요, 조개와 황새가 서로 버티면 또한 웃음거
리가 될 것이니, '끝까지 미혹하여 깨닫지 못한다면 흉하게 된
다'는《주역(周易)》의 말을 경계로 삼아 스스로 후회를 초래하
지 말도록 하오.'

천성 3(928)년 정월에 태조는 답서를 보냈다.

'삼가 오월국 통화사 반상서가 전한 조서 1통을 받고, 겸해
족하(견훤)가 준 긴 편지 사연도 받아 보았소. 사신이 이에 조
서를 가지고 왔고 족하의 편지에서도 아울러 가르침을 받았소.
조서를 받들어 읽고는 비록 감격은 더하였으나 족하의 편지를
펴보니 혐의를 풀기 어렵소. 이제 돌아가는 사신에게 부쳐 내
심중을 피력하는 바이오. 나는 위로 천명을 받들고 아래로 인민
의 추대에 못 이겨 외람되이 장수의 직권을 맡아 천하를 경륜할
기회에 당하였소. 지난번에 삼한²⁾이 액운을 당하고 9주(九州)³⁾

---

1) 자기가 살고 있는 도(道).
2) 상고 시대에 우리나라 남쪽에 있던 세 나라. 곧 마한·진한·변한.

가 흉년으로 황폐해져 인민들은 많이 도적떼에 속하게 되었고, 전야는 적지(赤地)⁴⁾가 되지 않은 땅이 없었소. 풍진⁵⁾의 소란함을 그치게 하고, 나라의 재난을 구하려고 이에 스스로 이웃 나라와 친목하여 화호(和好)를 맺으니, 과연 수천 리 국토가 농사와 길쌈으로 생업을 즐기고, 7, 8년 동안 사졸들은 한가로이 쉬었소. 을유(925)년에 이르러 10월에 문득 사건을 일으켜 싸움에까지 이르렀소. 족하는 처음 적을 가벼이 여겨 곧장 달려드는 것이 마치 버마재비⁶⁾가 수레바퀴에 대항함과 같더니, 마침내 어려움을 알고 물러감은 모기가 산을 짊어지는 것과 같았소. 공손히 말을 하고 하늘을 가리켜 맹세하기를, '오늘부터는 길이 화목하겠는데, 혹시 맹세를 어긴다면 신이 벌을 줄 것이다' 하였으므로 내 또한 전쟁을 그치기 위한 무(武)를 숭상하고, 사람을 죽이지 않는 인(仁)을 기약하므로, 마침내 여러 겹이 포위를 풀어 피곤한 병졸들을 쉬게 하였고, 볼모를 보냄도 거절하지 않았고, 다만 백성만을 편안하게 하려 하였소. 이것은 내가 남방〔후백제〕사람들에게 큰 덕을 끼침이었는데, 어찌 맹약을 맺은 지도 얼마 안 되어 흉악한 세력을 다시 일으켜 벌과 전갈과 같은 독기로 생민(生民)을 침해하고, 이리와 호랑이와 같은 난폭함으로 기전(畿甸)⁷⁾을 가로막아 금성이 군급(窘急)해지고 왕궁이 몹시 놀라게 될 줄이야 예측이나 감히 하였겠소. 대의에 의

204

거하여 주(周)[1]의 왕실을 높였으나 그 누구가 환공·문공의 패업(覇業)과 같으며, 기회를 타서 한 나라의 왕조를 도모하였으니 오직 왕망·동탁의 간악함을 볼 뿐이오. 왕의 지존으로서 몸을 굽혀 족에게 '자(子)'라고 일컫게 하였으니, 존비가 차례를 잃게 되었으므로 상하가 같이 근심하여 '큰 보필(輔弼)의 충직과 순실(純實)함이 없으면 어찌 다시 나라를 편안하게 할 수 있으랴' 하오. 나는 마음에 악이 없고 뜻이 왕실을 높이기에 간절하므로 장차 조정을 구원하고 나라를 위태로움에서 구하려고 하였는데, 족하는 털끝만한 작은 이익을 보고 천지와 같은 후한 은혜를 잊고 임금을 죽이고 궁궐을 불사르며, 대신을 학살하고 사민(士民)[2]을 도륙하며, 궁녀는 잡아 수레에 싣고 보물은 빼앗아 짐바리[3]에 실었으니, 그 흉악함은 걸왕과 주왕보다도 더하고, 불인(不仁)함은 올빼미보다도 심하였소. 나는 하늘이 무너진 원한과 해를 돌리는 정성으로 매가 참새를 쫓듯이 신라에 견마(犬馬)[4]의 근로를 다하려 하였소. 다시 군사를 일으켜 이미 두 해를 지냈는데, 육전에 있어서는 우뢰와 번개처럼 빨리 달렸고, 수전에 있어서는 범과 용처럼 용맹스럽게 쳐서, 군사를 내서는 반드시 공을 이루었고, 거사해서는 헛일이 없었소. 윤분을 바닷가에서 쫓았을 때는 갑옷이 산더미처럼 쌓였고, 추조를 성가에서 잡았을 때는 엎드려진 시체가 들판을 덮었으며, 연산군 부근에서는 길환을 진 앞에서 목 베었고, 마리성 가에서는 수오

---

1) 여기서는 신라.
2) 선비와 서민. 사족과 평민. 육예를 배운 백성.
3) 말이나 소로 실어 나르는 짐.
4) 개와 말. 자기 몸에 관한 것을 개나 말같이 천하다는 뜻으로 극히 낮추어 겸손하게 일컫는 말.

를 깃발 아래에서 죽였으며, 임존성[5]을 빼앗던 날에는 형적 등 수백 명이 목숨을 버렸고, 청천현을 부수었을 때는 직심 등 4, 5명이 머리를 바쳤소. 동수에서는 깃발만 바라보고 도망하였고, 경산은 구슬을 머금고 항복하였으며, 강주는 남으로부터 귀순하였고, 나주부는 서로부터 와서 소속되었소. 공략(攻略)한 지역이 이와 같았으니 잃은 땅 주복할 날이 어찌 멀다 하겠소. 기필코 저수 진중에서 장이의 쌓인 원한을 씻고, 오강 가에서 한왕이 한 번 이긴 공을 이루어 마침내 풍파를 그치게 하고 길이 천하를 맑게 할 것이오. 하늘이 돕고 있는데, 천명이 어디로 돌아가겠소. 하물며 오월 왕 전하는 덕이 먼 지역을 포섭하고, 인(仁)은 소국(小國)을 애무해 오던 바, 특히 조서를 내려 난리가 그치기를 동방에 개유(開諭)[6]하니, 이미 가르침을 받았사온데 감히 받들지 않겠소. 만약 족하도 조서를 받들어 전쟁을 그친다면 다만 상국(上國)의 어진 은혜에만 보답될 뿐만 아니요, 동방이 끊어진 대를 계승할 수 있게 될 것이나, 만약에 지은 허물을 고치지 않는다면 그때는 후회해도 소용이 없을 것이니 어찌하겠소.'

5월에 견훤은 몰래 군사를 거느리고 강주를 습격하여 300명을 죽이니, 장군 유문이 항복하였다. 8월에 견훤은 장군 관흔에게 명령하여 군사를 거느리고 양산에 성을 쌓게 하니, 태조는 지성의 장군 왕충에게 명하여 치고 물러와 대야성을 보전하였다. 11월에 견훤이 강한 군사를 뽑아 부곡성을 쳐서 빼앗고 성을 지키는 군사 1천 여 명을 죽이니, 장군 양지·명식 등이 항

5) 충청남도 대흥군.
6) 사리를 알아듣도록 잘 타이름.

복하였다.

3(929)년 7월에 견훤이 갑사(甲士)[1] 5천 명을 거느리고 의성부를 공격하니 성주 장군 홍술이 전사하였다.

견훤이 군사를 크게 일으켜 고창군 병산 아래에 머물러 태조와 싸웠으나 이기지 못하고, 죽은 사람이 8천 여 명이나 되었다. 이튿날 견훤이 남은 군사를 모아 순주성[2]을 습격하여 부수니, 장군 원봉이 막지 못하여 밤에 도망하였고, 견훤이 백성을 사로잡아 전주로 옮겼다. 태조는 원봉이 그전에 공이 있었으므로 용서하고 순주를 고쳐 하지현이라 부르게 하였다.

장흥 3(932)년에 견훤의 신하 공직은 용맹하고 지략이 있었는데, 태조에게 와서 항복하였다. 견훤은 공직의 두 아들과 한 딸을 잡아다가 다리의 힘줄을 불에 지져서 끊었다. 9월에 견훤은 일길찬 상귀를 시켜 수군을 거느리고 고려의 예성강에 들어와 3일을 머물면서 염주 · 백주 · 정주 3주의 배 100척을 빼앗아 이를 불사르고, 저산도에 먹이던 말 300필을 잡아 돌아갔다.

8(934)년 정월, 견훤이 태조가 운주에 둔치고 있다는 말을 듣고 드디어 갑옷 입은 병사를 뽑아 이르렀으나, 고려의 장군 유금필은 견훤이 진을 치기 전에 날랜 기병 수천 명으로 이를 돌격하여 3천 여 명을 목 베니, 웅진 이북의 30여 성이 소문만 듣고 자진해 와서 항복하였고, 견훤 밑에 있던 술사(術士)[3] 종훈, 의원 훈겸, 용장 상달 · 최필 등이 태조에게 항복하였다.

견훤은 아내가 많아서 아들 10여 명을 두었는데, 넷째 아들

---

1) 갑병. 갑옷 입은 병사.
2) 경상북도 안동 풍산군.
3) 술가. 술책을 잘 꾸미는 사람.

금강이 키가 크고 지혜가 많았으므로, 견훤은 특별히 그를 사랑
하여 왕위를 전하려 하였다. 그의 형 신검·양검·용검 등은 그
것을 알고 매우 근심하고 번민하였다. 이때 양검은 강주 도독으
로 있었고, 용검은 무주 도독으로 있었으므로 홀로 신검만이 견
훤의 옆에 있었다. 이찬 능환이 사람을 강주와 무주에 보내 양
검 등과 몰래 모의하였다.

청태 2(935)년 3월, 그는 파진찬 신덕·영순 등과 함께 신검
에게 권유하여 견훤을 금산사에 가두고, 사람을 보내 금강을 죽
이고는 신검은 스스로 대왕이라 일컫고, 경내의 모든 죄인을 사
면하고 교서(敎書)를 내렸다.

‘여의가 특별히 총애를 받았으나 혜제가 임금이 되었고, 건
성은 외람히 태자의 자리에 있었으나 태종이 일어나서 제위에
올랐으니, 천명은 쉽지 않으며, 제왕의 지위는 돌아가는 곳이
있다. 삼가 생각하건대 대왕께서는 무용은 특출하셨고, 계략은
고금에 으뜸가셨다. 쇠망해 가는 세상을 만나고 스스로 천하를
경영할 임무를 맡아 삼한을 순행(巡行)하여 백제 나라를 회복하
셨다. 백성의 해독을 제거하시니 백성들이 편안하게 되었고, 제
왕의 위엄을 고무하시니 먼곳과 가까운 곳에서 명령에 복종하
였다. 공업(功業)이 거의 다시 일어나려 하였는데, 지려(智慮)[4]
는 갑자기 천려일실(千慮一失)[5]이 되었다. 어린 자식이 혼자 사
랑을 받고 간사한 신하들이 권세를 부려 대군(大君)을 진(晉)나
라 혜제의 혼암(昏暗)으로 인도하고, 자부를 진나라 헌공의 미
혹(迷惑)에 빠지게 하여 왕위를 완(頑)한 아이 금강에게 주려고

4) 슬기롭고 민첩한 생각.
5) 지혜로운 사람도 많은 생각 가운데는 한 가지쯤 좋은 생각이 미칠 수 있다는 말.

하였다. 다행한 일은 상제(上帝)가 중도(中道)를 내리시어 군자
에게 허물을 고치게 하셔서 우리 원자(元子)에게 명하여 이 한
나라를 다스리게 하였다. 돌아보건대 나는 제왕의 재주가 아닌
데, 어찌 임금 노릇할 지혜가 있으랴. 조심스럽고 두려워서 봄
얼음을 밟고 깊은 못에 다다른 듯하다. 마땅히 순서에 의하지
않는 은전(恩典)¹⁾을 미루어, 새로운 정사를 보아야 할 것이므로
경내(境內)의 모든 죄인을 사면한다. 청태 2(935)년 10월 17일
새벽 이전에 이미 발각된 것이든 발각되지 않은 것이든, 이미
판결난 것이든 판결이 나지 않은 것이든 사형 이하의 죄는 모두
이를 사면하니, 이 사무를 맡은 이는 이를 시행하라.'

　견훤은 금산사에 있은 지 3개월 만인 6월에 막내아들 능예와
딸 쇠복과 사랑하는 첩 고비 등과 함께 금성으로 도망하여 한편
으로 사람을 보내어 태조에게 보기를 청하니, 태조는 기뻐하여
장군 유금필과 만세 등을 보내 바닷길로 가서 영접하게 하였다.
견훤이 고려에 이르니 후한 예로써 대우하였으며, 태조는 견훤
의 나이가 자기보다 10년이나 위였으므로 존칭하여 상부(尙
父)²⁾라 하고 남궁(南宮)을 객관(客館)으로 주었으니 직위가 백
관의 위에 있었다. 양주를 식읍으로 삼게 하고, 겸하여 금·비
단, 많은 채식(彩飾)과 노비 각 40명과 내구(內廏)³⁾의 말 10필
을 내려 주었다. 견훤의 사위 장군 영규는 그의 아내에게 비밀
히 말하였다.

　"대왕[견훤]께서는 근로하신 지 40여 년에 공업(功業)이 거의

이루어지려고 하였는데, 하루아침에 가족간의 불화로 나라를 잃고 고려로 가셨소. 대저 열녀는 두 남편을 받들지 않으며 충신은 두 임금을 섬기지 않는 법이요. 만약 내 임금을 버리고 반역한 아들 신검을 섬긴다면 무슨 면목으로 천하의 의사(義士)들과 대할 수 있겠소. 하물며 들으니 고려의 왕공(王公)은 어질고 후덕하며, 부지런하고 검소하여 민심을 얻었다 하니, 아마 하늘이 계시한 것인가 싶소. 반드시 삼한의 임금이 될 것이니 어찌 글을 보내 우리 임금을 위안하고, 겸해 왕공에게도 은근한 뜻을 표시하여 뒷날의 복을 도모하지 않을 수 있겠소?"

그의 아내는 말하였다.

"당신의 말씀은 곧 제 뜻입니다."

이에 천복 원년(936) 2월에 사람을 보내 의사를 전하고 드디어 태조에게 알렸다.

"만약 당신께서 외로운 기를 드신다면 저는 내응(內應)이 되어 왕사(王師)⁴⁾를 맞이하겠습니다."

태조는 크게 기뻐하여 그 사자에게 예물을 후히 주어 그에게 보내고, 겸해 영규에게 사례하였다.

"만약 장군의 은혜를 입어 한 번 합세해서 도중에서 가로막힘이 없게 되면, 곧 먼저 장군께 뵙고 다음에 당(堂)⁵⁾에 올라가서 부인께 절하여 장군을 형으로 섬기고 부인을 누님으로 받들겠소. 반드시 끝까지 장군을 후히 보답하겠소. 천지신명도 모두 이 말을 들을 것이오."

6월에 견훤이 태조에게 아뢰었다.

---

4) 임금의 군사(軍士). 관군. 고려군.
5) 대청. 관아 또는 여염집의 주장되는 집채 가운데 있는 마루.

　"노신(老臣)이 전하께 항복해 온 까닭은 전하의 위엄을 빌어 반역한 자식을 죽이기 원하였을 뿐입니다. 바라옵건대 대왕께서는 신병(神兵)을 빌리시어 적자(賊子)와 난신(亂臣)을 죽이게 해주시면 저는 비록 죽더라도 한이 없겠습니다."

　태조는 그 말을 들어 주었다. 먼저 태자 무와 장군 술희를 보내 보병과 기병 10만 명을 거느리고 천안부로 가도록 하였다. 9월에 태조는 3군을 거느리고 천안에 이르러, 술희의 군사를 합하여 일선군으로 진군하니, 신검이 군사를 거느리고 와서 막았다.

　갑오일에 일리천을 사이에 두고 서로 대치하여 진을 쳤는데, 태조는 상부 견훤과 군(軍)의 위력을 보였다. 대상 견권·술희·금산과 장군 용길·기언 등에게 보병과 기병 3만 명을 거느리게 하여 좌익으로 삼고, 대상 김철·홍유·수향과 장군 왕순·준량 등에게 보병과 기병 3만 명을 거느리게 하여 우익으로 삼고, 대광 순식, 대상 긍준·왕겸·왕예·유금필과 장군 정순·종희 등에게 철기(鐵騎)[1] 2만 명, 보졸(步卒)[2] 3천 명과 흑수철리와 여러 도(道)의 강한 기병 9천 500명을 거느리게 하여 중군으로 삼고 대장군 공훤, 장군 왕함윤에게 군사 1만 5천 명을 거느리게 하여 선봉으로 삼았다.

　이에 북을 치고 나가니, 후백제의 장군 효봉·덕술·명길 등은 고려 군병들의 형세가 크고 진용[3]이 정연한 것을 바라보고 그만 갑옷을 버리고 진 앞에 와서 항복하였다. 태조는 그들을

---

1) 용맹한 기병. 철갑을 입을 기병.
2) 보병. 육군의 주병력으로 도보로 전투하는 군대.
3) 진세의 형편이나 상태. 한 단체의 구성원들의 짜임새.

위로하고 후백제의 장수가 있는 곳을 물으니 효봉 등은 말하였다.

"원수 신검은 중군에 있습니다."

태조는 장군 공훤 등에게 명하여 바로 중군을 치게 하고, 온 군대가 함께 나아가 양쪽에서 끼고 들이치니 후백제의 군사는 무너져 달아났다. 이에 따라 신검은 두 아우〔양검·용검〕와 장군 부달·소달·능환 등 40여 명과 함께 항복하였다. 태조는 그들의 항복을 받고 능환을 제외하고 나머지는 모두 위로하고는 처자와 함께 서울로 올라가도록 하였다. 태조는 능환에게 문책하였다.

"처음에 양검 등과 비밀리 모의하여 대왕을 가두고 그 아들을 세운 일은 네 계책이니 신하된 의리로서 의당 그럴 수가 있겠느냐?"

능환은 머리를 숙이고 아무런 말을 하지 못하였다. 드디어 그를 목 베어 죽였다. 신검이 외람되이 왕위에 오른 일은 자기 스스로가 아닌 남에게 협박된 일이요 그의 본심은 아닌 것이니, 또 항복하여 죄를 애걸하였으므로 태조는 특별히 그 죽음을 용서하였다. 견훤은 이것을 분하게 여겨 등창이 나서 며칠 만에 황산의 절에서 죽었다.

태조는 군령이 엄격하고 명백하여, 사졸들이 조그만 물건도 남의 것을 범하지 않았으므로, 주현(州縣)이 편안히 지내게 되어 늙은이와 어린이가 모두 만세를 불렀다. 이에 장수와 병졸을 위로하고, 재주에 따라 임용하니 소민(小民)들이 각기 그 직업에 안심하고 살았다. 신검의 죄는 앞에서 말한 바와 같다고 하여 그에게 관위를 주고, 그의 두 아우〔양검·용검〕는 능환과 죄가 같다고 하여 드디어 진주로 귀양 보냈다가 조금 후에 죽었다. 영규에게 일렀다.

"전왕(前王)이 나라를 잃은 후 그의 신자(臣子)로서 한 사람도 그분을 위로해 주는 사람이 없었는데, 오직 경의 부부만이 천리 밖에서 서신을 보내 성의를 보이고, 겸해 나에게 아름다운 명예를 돌려보내니, 그 의리를 잊을 수 없소."

그에게 좌승[1]의 벼슬과 밭 1천 경(頃)을 주고는, 역마(驛馬) 35필을 빌려 주어 가족들을 맞아오게 하고 그 두 아들에게도 벼슬을 주었다.

논(論). 신라는 운수가 다 되고 도(道)를 잃어버려, 하늘이 돕지 않고 백성들이 따르지 않았으므로 이에 뭇 도적들이 틈을 타서 일어나 마치 고슴도치 털처럼 되었는데, 그중에 강한 도적은 궁예와 견훤 두 사람뿐이었다.

궁예는 본시 신라의 왕자였는데 도리어 제 나라를 원수로 삼아 이를 멸망시키려고 하였으며, 선조의 화상을 칼로 베기까지 하였으니 그가 불인(不仁)함이 너무 심하였다. 견훤은 신라의 평민으로서 일어나, 신라의 국록(國祿)을 먹고도 나쁜 마음을 품고, 나라가 위태함을 다행히 여겨, 신라의 수도를 쳐들어가 임금과 신하를 마치 짐승처럼 무찔러 죽였으니, 그들은 실로 천하의 원흉이요 큰 악이다.

그러므로 궁예는 그 신하에게 버림을 당하였고, 견훤은 그 아들에게서 화근이 발생되었다. 모두 궁예와 견훤 스스로 만든 일이니 다시 누구를 원망하겠느냐? 비록 항우와 이밀과 같은 웅

---

1) 고려 상서 도성의 종3품 벼슬.

재(雄才)로서는 한나라와 당나라가 일어남에 대적하지 못하였는데, 하물며 궁예와 견훤 같은 흉인(凶人)이 어찌 우리 태조에게 대항할 수 있었으랴? 다만 태조를 위하여 백성을 몰아 보내 준 자들이다.

삼국사기에
대하여

ㄹ5ㄹ5

작품 해설

《삼국사기》는 사마천의 《사기》를 본따 쓴 것으로, 현존하는 삼국·신라 통일기를 통한 가장 오래된 정사이다. 고려 인종 때 김부식 등이 고기(古記)·유적(遺籍) 혹은 중국의 제사(諸史)에서 뽑아 편찬 간행했다.

김부식은 고려 문종 29(1075)년에 태어나, 인종 23(1145)년에 《삼국사기》 50권의 편찬을 마치고, 의종 5(1151)년에 77세로 죽었다. 자는 입지, 호는 뇌천, 본관은 경주, 좌간의대부 근의 셋째 아들이다. 숙종 때에 문과에 급제하고 그 뒤로 계속 승진하여 직한림·우사간·중서사인·보문각대제 등을 역임하여 《숙종 실록》의 수찬에 참여한 일도 있다. 이어 어사대부·평장사·수사공 등을 역임하면서 인종 때에는 묘청의 난을 평정하고 그 공으로 조정의 지위를 굳혔다. 또한 집현전 태학사·태자 대사 등을 하다가 1142년 벼슬에 물러나서 다시 동덕찬화공신이라는 훈호를 받았다. 《삼국사기》는 3년 뒤에 편찬되어 우리나라 고대사 연구에 《삼국유사》와 더불어 쌍벽을 이루었다. 그 이듬해에 의종이 즉위하자, 그는 곧 낙랑군 개국후에 봉해지고, 《인종실록》의 편찬을 주재했다. 죽은 뒤에 중서령에 추증되고 시호는 문렬이다.

《삼국사기》 이외의 그의 저설로 문집 20여 권이 있었다고 하지만 전하지 않고 《삼국사기》 50권 10책만이 전한다. 이것은 당시의 사대부들이 중국의 역사나 경학(經學)에 대해서는 잘 알면서도 우리나라의 역사에 대해서는 어두운 것을 한탄하여 지었다고 한다.

《삼국사기》의 취급 연대는 신라 · 고구려 · 백제의 삼국 시대로, 체제는 중국의 《정사(正史)》 편찬을 본따고 전 50권 중에 〈신라 본기〉가 12권, 〈고구려 본기〉가 10권, 〈백제 본기〉가 6권, 〈연표〉가 3권, 〈지(志)〉가 9권, 〈열전〉이 10권이다. 편찬 과정에서 우리나라의 옛 문헌 가운데 《삼한 고기》·《해동 고기》·《신라 고기》·《화랑 세기》·《계림잡전》·《고승전》·《제왕 연대력》 등 지금은 전하지 않는 오랜 자료를 참고했고, 중국

의 《삼국지》, 《후한서》를 비롯하여 《진서》·《위서》·《송서》·
《신당서》·《통전》·《자치통감》·《고금군국지》 등 많은 자료를
참고했다.

〈본기〉는 기년체로 간략하게 서술되어 있는데, 개국 연대는
신라가 기원전 57년, 고구려가 기원전 37년, 백제가 기원전 18
년으로 되어 있다. 그로부터 삼국 통일이 되고 신라가 멸망할
때(935년)까지 고대 국가의 흥망성쇠의 과정을 대강 밝혀 놓고
있다.

다음 〈연표〉에서는 중국·신라·고구려·백제의 순서로 주
요 연대가 대조되어 있다. 〈지〉에서는 제사(祭祀)·악(樂)·색
판(色版)·거기(車騎)·기용(器用)·옥사(屋舍)·지리(地理)·
직관(職官)의 차례로 삼국 시대의 문물을 기록했다.

마지막 〈열전〉에서 10권 중 3권에 김유신의 전기가 수록되었
고, 나머지 7권에는 삼국 시대에 충효·용사·문인·반역인 등
50명의 전기가 수록되었으나 그중 신라인이 40명이요, 고구려

인은 8명, 백제인은 2명밖에 안 된다.

김부식 저신이 유학자였기 때문에 고의로 다른 종파를 배척한 것은 특히 〈열전〉에서 가장 심해서, 여기에는 승전(僧傳)이 하나도 없다. 또 그가 신라계(新羅系)의 김씨로 경주에서 태어났기 때문인지 〈본기〉, 〈지〉, 〈열전〉 등에서 지나치게 신라인 쪽에 큰 비중을 두었다는 경향도 그냥 지나쳐서는 안 될 것이다. 이 밖에도 《삼국사기》에는 김부식 개인의 편견된 감정이나 유교 사상에 의한 여러 가지 결함이 지적되고 있다.

그러나 눈에 띄는 결함에도 불구하고 그가 그 시대에만 구해 볼 수 있었던 여러 가지 문헌들을 참고해서 삼국 시대를 일별할 수 있는 정사를 지었으며, 그 속에 우리나라 고대 국가의 발전을 서술하여 지금 우리가 삼국 시대를 연구하는 데에 꼭 필요한 문헌으로 평가받고 있다.

작가 연보

1075년 출생. 자는 입지, 호는 뇌천, 본관은 경주. 13, 14세 무렵에 아버지를 여의고 편모 슬하에서 자람.

1096년 과거에 급제함.

1116년 7월 송나라에 사신 행렬에 문한관으로 따라감.

1117년 3월에 귀국.

1122년 외척인 이자겸의 횡포를 유교적 정치 이론으로 좌절시킴.

1123년 박승중·정극영과 함께《예종실록》편수관이 됨.

1126년 어사대부가 되었다가 호부상서 한림학사 승지를 역임함.

1130년 정당문학 겸 수국사로 재직.

1132년 수사공 중서시랑동중서문하평장사가 됨.

1133년 판병부사가 됨.

1135년 묘청의 난을 일어나자 원수가 되어 출정함.

1136년 2월에 묘청의 난을 평정. 그 공로로 고려 최고의 관
직인 문하시중이 됨.

1138년 검교태사 · 집현전대학사 · 태자태사에 이름.

1142년 벼슬에 물러남.

1145년 《삼국사기》 50권의 편찬함.

1151년 77세로 죽음.

1153년 중서령이 추증됨.

저서에 《삼국사기》, 《김문열공집》, 《봉사 어록》 등이
있음.

‖구 인 환‖
서울대학교 사범대학 국어교육과 졸업
서울대학교 대학원 국어국문과 수료(문학 박사)
서울대학교 사범대학 교수
국어국문학회 대표이사 및
한국소설가협회 이사
문학과문학교육연구소 소장
서울대학교 명예교수

```
판  권
본  사
소  유
```

우리 고전 다시 읽기

삼국사기 열전

초판 1 쇄 인쇄   2003년 12월 10일
초판 3 쇄 발행   2007년 2월 20일

엮 은 이   구 인 환
지 은 이   김 부 식
펴 낸 이   신 원 영
펴 낸 곳   (주)신원문화사

주   소   서울시 강서구 등촌1동 636 - 25
전   화   3664 - 2131~4
팩   스   3664 - 2130

출판등록   1976년 9월 16일 제5-68호

＊ 잘못된 책은 바꾸어 드립니다.

ISBN   89 - 359 - 1143 - 7   04810